新編

夏の流れ／河

丸山健二

田畑書店

目次

新編　夏の流れ

まだ五時だというのに、真夏の強い朝の光がカーテンの隙間から一気に射しこんできて、私は毛布を顔まで引っ張り上げた。夜の涼しさが消え失せ、真昼の暑さへ向かってゆくのがわかった。それ以上眠れず、毛布を両足で絡めて除《の》け、蚊帳の裾を撥ねた。目をいっぱいに開けると、まずは蚊帳の緑が目に沁みた。タバコを手元に引き寄せた。暁光《ぎょうこう》を反射した紫煙がゆるゆると立ち昇る。起き抜けのタバコは頭の芯をくらくらさせた。

家の周囲を走り回る息子たちの小刻みな足音が聞こえてきた。妻はとうに起きていて、いつものように台所で何やらごそごそやっていた。

「起きたのう?」

妻が訊いた。

「ああ」と少し経ってから私は答えた。

子どもらが何もかも蹴散らして、蚊帳のなかへどっと飛びこんできた。七歳になったばかりの兄が首っ玉にかじりついてきた。私は夏蒲団の上に仰向けになって、五歳の弟を足の裏に乗せて跳ね上げてやった。

「よしなさいってば。蚊帳がまた破れるでしょ」

やってきた妻はそう言うなり蚊帳を外し、布団を素早く畳んで、窓をいっぱいに開けた。

私は子どもといっしょに窓の縁に腰掛けて外を眺めた。空は白みがかった青で、雲は少なかった。刑務所の高い塀と低い山裾の狭間に見える海は、穏やかな波をくり返し翻していた。整然と並ぶ、ちっぽけな平屋建ての官舎では、どの家族も起きているようだった。気の早いアブラゼミがじりじりと鳴き始めた。

「きょうも暑くなるな」と私は言った。

「夏ですもの」

妻がハタキを掛けながら言った。

実際のところ今夏も猛暑で、もう幾日も雨が降っていなかった。ために何もかもが乾ききっており、日中を想っただけでうんざりした。

子どもが新聞を取りに玄関へと駆けて行った。掃除を手早く済ませた妻は、折り畳み式のテーブルを広げて朝飯の準備を整えた。そんな彼女の腹部に、私は一瞥を投げた。大分膨らんだと思いつつ台所で歯を磨き、口をゆすいだ。夜のうちにいくらか冷えた水道水が眠気を吹き飛ばした。子どもたちもそばにきて私に倣《なら》った。タオルを針金のハンガーに掛けながら私は、柱の幅に合わせて取り付けた細長い鏡を覗きこんだ。子どもが笑ってくれたので、もっとおかしな顔をしてみせた。兄弟揃って、またどっと笑った。

朝飯の最中、妻は子どもの食べ散らかしを拾ったり、水を注いだりで、かなり忙しかった。

「おまえがさっさと食べろよ」と私。

「だって無理よ、これじゃあ」

「あとで食べておいたほうがいいぞ」

「生まれるのはいつ？」

チビが茶碗に顔を突っこんだまま訊いた。その声がこもったので兄が大笑いした。

「あと三ヶ月よ、雪の降る頃かも」と妻。

兄が口を挟んだ。

「妹が欲しい」

「そうだといいのにね」と言ってから、妻は私に訊いた。「あなたはどっち？」

「そんなこと言っても始まらんよ、おれが決められるわけじゃないからな」

「ただ訊いてみただけ……また男の子だといいと思ってるんでしょ？」

「ああ、だって手間がかからないもの」

「三人目も男ではね」

「……」

「ねえ、聞いているの」

「ちゃんと聞いてるさ」

「また新しい人が入るの？」

そう言って妻は、私が読んでいる新聞を覗きこんだ。釣られた子どもたちが両側から写真を見た。

「誰も入らんよ」と私は答えて新聞を畳んだ。

「この前入った人どうしてる？」と妻。

「誰？」と私はとぼけた。

「親子ふたり殺した人よ。ほら、体が大きい」

「あいつか、おとなしいもんさ。借りてきた猫だ」

「子どもの命まで奪って平気なんだ。人間かしらね」

「人間だよ。さあ、出かけるか」

受け答えに面倒になって私は立ち上がった。

起床を告げる刑務所のサイレンが鳴り響いた。それに合わせるかのように、子どもたちが表へ出て行った。

私が靴を履いているあいだに、妻はいつものように、白くて清潔なハンカチを制服の尻ポケットに押しこんでくれた。

「気をつけて」という妻のお馴染みの言葉。

「おまえのほうが気をつけろ」

「今のところ大丈夫」

「少しでも気分が悪くなったら医者へ行けよ」

「わかってるって、初めてじゃないんだもの」

「じゃあな」

家を出た途端、狭い道で遊んでいた兄弟が両腕にぶら下がってきた。

「角のところまでよう！」

妻が背後で叫んだ。子どもが両足をばたばたさせるたびに、舗装されていない路面から砂埃が舞い上がった。

「釣りに連れてってよ」

兄のほうが言った。

「そのうちな」

「そのうちっていつ？」

「学校へ行けるようになったらだ」

「じゃあ海にしよう」

「海がいい」

「よし行くか」

「いつ？」

「次の次の休み」

「次じゃあ駄目？」

「さあ、ここで帰れ」

「もっといっしょに行く」

「駄目、帰れ」

舗装された広い道路に出る。クルマはまだ走っていなかった。

「遠くへ行くんじゃないぞ」

「うん」

兄弟は次の遊びに来た道を引き返した。私は制帽を被り直し、刑務所で行き止まりになっている一本道をてくてくと歩いた。アスファルトの路面には靴跡や轍《わだち》がいくつも刻まれていたが、今はまだ固まっていた。

凪《なぎ》が終わって、海からの風が徐々に強まってきた。道路脇の建造中の官舎のところで、大工が数人タバコを吸って立ち話をしていた。だが、私が近づくと黙りこみ、通り過ぎるまでこっちを横目で見ていた。

道路が終わり、見るからに威圧的な高い塀と太い門柱が行く手を遮った。レンガ造りの門衛室に送った会釈に対して、やる気のない敬礼で返された。

所内の木立からセミの声が降ってきた。赤く錆びた鋼鉄の大扉は相変わらず閉ざされたままだった。堀は濁るばかりで、流れのない水面には青光りする油が浮いていた。底からはガスの泡が絶え間なく浮上していた。

「お早う」

取り外し可能な鉄板製の橋を渡った私は、次の門衛に声をかけた。

「また暑くなりそうで」

太った門衛が大儀そうな口調で言った。

くぐり戸を開けてもらい、私はなかへ入った。そこからは別の世界だった。そうした自覚にはいつまでも慣れなかった。大量のセミが騒ぐ杉の木が立ち並んでいた。その下には藪などなく、どの幹も根元まで見えていた。つまり、隠れ場所がない配置だった。ついで、耐火レンガが埋めこまれた古い小道を通った。人の声はなく、知った顔にも出くわさなかった。やがてなだらかな坂になり、下ると、コンクリート製の分厚い塀が木立に隠れた。そして、手入れの行き届いた芝生が緑に輝くグラウンドに出た。周囲を取り囲んでいるのは急斜面の土手で、そこから見えるのは陽炎《かげろう》ばかりだった。

近道のために、芝生を踏んで一番外れの建物に向かった。グラウンドの中頃までできたとき、土手をくり抜いたトンネルから一般の囚人がぞろぞろと現れた。五十人は下らない。どいつの頭も刈られたばかりで白く光っていた。全員が夏用の服に身を固めて、しずくの垂れる洗濯物を小脇に抱えていた。

刑務官がホイッスルを短く吹き鳴らした。その合図で、囚人たちはアリのようにいっせいに散らばり、自分の洗濯物を芝生の上に広げ始めた。風はあってもも土手の上を通過するだけなので、それが吹き飛ばされることはなかった。芝生の四分の一ほどが濡れた衣類で埋め尽くされた。手早く日課を済ませたかれらは、次のホイッスルで隊列を組み直し、今度は畑の手入れへと移った。

グラウンドを横切ったところで背中が汗ばみ、顔からも汗がどっと噴き出した。長い石段を上がって、軍隊用のバラ線で二重に囲まれた、死刑囚専用の、見るからに無骨な造りの建物へと出た。そこには、木や芝といった余計な物は何もなかった。代わりに白砂が周囲にびっしりと撒かれ、その面を朝夕交替で同僚が箒《ほうき》で掃いていた。そのほかには、詰所がひとつと、錆止めのペンキを塗った鉄骨製の監視塔がひとつあるばかりだった。

監視塔にはまだ誰もおらず、代わりに雨除けの付いた探照燈と、ラッパ型のスピーカーが四方を睨んでいた。

詰所には見慣れぬ若い刑務官がいた。そこは狭く、屋根はあっても白砂の照り返しで、見るからに暑そうだった。私が近づくと、その新人は帽子のあいだに挟んでいたハンカチを素早く隠し、敬礼して言った。

「お早うございます」

「暑いな」

「はい」

「交替は何時だ？」

「三時です」

「一番暑い時間帯だな」

「はい」

「いつもそうか？」

「はい」

「ご苦労だな」

「務めですから」

「扇風機を頼んでおくよ」

「助かります」

「間に合ったときには雪が降っているかもしれんぞ」

「どうしてでしょう？」

「まあ、そんなことはどうでもいいよ。ハンカチを使え」

「どうも」

私は灼熱の砂の上を歩き、その建物のただひとつの出口である、小さな鉄扉の前までくると、呼び鈴のボタンを押した。しばらく待つと、金網を張った覗き窓の蓋がぱたんと開き、汗ばんだ目と鼻が見えた。蓋はすぐに閉ざされ、扉の向こう側で鍵束がガチャガチャと鳴った。

「よお」と堀部が言った。

彼は扉を閉めてから鍵を抜き取り、快活そうな笑顔を作った。

「この暑さ、どうにかならんのか」と私は言った。

「いい加減慣れたらどうだ」

私は帽子を取って頭の汗を拭いた。職場の雰囲気が一段と募った。いつまでも慣れない空気に包まれた。

私たちはそこだけなぜかひんやりと感じられる廊下を通り、控室に入った。
その部屋だけ好きなのは、いくらか涼しい上に清潔感があるからだ。

ほかの刑務官は勤務中で、そこには私と堀部だけがいた。外にあふれる強烈な日射しは厚地のカーテンに遮られ、天井では新型の扇風機が静かに回っていた。

「麦茶でも飲むとするか」と堀部が言った。

まだあるのかと思って、私はテーブルを見た。

「泊まりの連中の残りさ」と堀部。

「じゃあ一杯もらおうか」

「これで氷でもあればな」

堀部はそう言って青いビニールのクロスを敷いたテーブルから魔法瓶を取り、湯飲み茶碗に注いでくれた。私はそれをひと息に飲んだ。生ぬるく、渋味が増していた。堀部はもう一杯勧めてから自分でも飲んだ。

「来週はもっと上に行ってみないか」と堀部。

「なんの話だ」

「釣りに決まってるだろう。おれたちに何かほかの話題があるのか？」

「あそこでもよく釣れるのに」

私は半分飲み残した茶碗をテーブルに戻し、ソファに座った。

「数に満足する段階をそろそろ卒業したいよ」

「でかいのは釣れんぞ。この前釣ったやつはどうした？」

「無理して半分食ったけど、残りは冷蔵庫だ」

そう言って、堀部も向かいのソファに身を沈めた。

「夏は傷みが早いぞ」

「とっくに腐りかけてるよ。おまえんところみたいに子どもでもいてくれたらなあ」

「ガキはうるさくて敵《かな》わん」

「贅沢な悩みだなあ。また生まれるんだろ？」

「三人目だ」

「ひとりくらいこっちへ回せ」

「やることをやっていればそのうち授かるさ」

「いや、見込みはない。もう諦めてるよ」

私は釣りの話に戻した。

「今度は上流へ行ってみるか」

「フライじゃ無理だな」

「そんなにでかいのか？」

「実は先日様子を見てきたんだ」

「ミミズも用意するか」

廊下に誰かの足音が響いた。

「あれ誰だかわかるか？」と堀部。

「わかるもんか」

「中川だよ」

「どうしてわかる？」

「奴は少し足を引きずるんだ」

「ちっとも知らなかった」

足音が中断してドアが開けられた。中川だった。

「早いですね」

中川は私と堀部を交互に見て言った。

「どうだ、少しは慣れたか?」

堀部はにやにやしながら訊いた。

「まあ、なんとか」

私が注いでやった最後の麦茶を飲みながら、彼はそう答えた。

「そう心配するなって」と堀部が言った。「相手は普通の人間だぞ。楽にしてなよ、楽に」

「でも……」

「でもなんだ?」

「僕を見る目付きが違ってるような……」

「誰と違うんだ?」

「一般の囚人とは……」

「気のせいさ。人間なんて皆ちょぼちょぼだよ」

「そうでしょうか」

「そうさ」と堀部は言い切った。「何かあったのか？」

「いえ、そういうわけじゃ……」

「わかった、あいつのことだろ？」

「……ええ」

「あいつって誰？」と私が口を挟む。

「この前入ってきた奴さ」

「あいつがどうした？　何かするのか？」

今朝方妻とそいつの話をしたことを思い出した。

「ガンを飛ばされたくらいでおたおたするな」と堀部。「あまりびくついているると付けこまれるぞ」

中川はそれに答えず、拳銃と警棒を外して自分の名札が貼られたフックに掛けた。

「今度おれたちといっしょに釣りに行こう」と私が誘った。

「そうだ、それがいい。ぜひそうしなよ」と堀部も言った。

「釣りですかあ」

「おまえ、釣りを馬鹿にしてんのか？」

「釣り道具を持っていませんし……」

「道具なら貸してやるよ」

「何かほかにすることでもあんのか？」

「いえ、別に……」

「じゃあ決まりだ。行くぞ」

「お願いしますか」

「手ぶらでいいぞ。弁当も要らん。なあ、佐々木よお」

そう言って堀部はにやりと笑い、私の肩を叩いた。

サイレンが鳴って遠くのセミまでが黙った。中川は下宿へと帰った。

「なるほどな、少し引きずるんだ」と私。

「だろ？」と堀部。

私と堀部はソファから離れて、それぞれ自分専用の拳銃を取り出し、装塡《そうてん》を確認してからベルトを腰に着けた。堀部は等身大の鏡の前に立って、帽子のつばにちょっと手をやった。扇風機のスイッチを切ってから、私たちは連れ立って部屋を出た。

廊下の蛍光灯が一本消えかかっていて点滅をくり返していた。私たちは長い廊下の突き当たりにある扉を叩いて開けてもらい、もうひとつの扉をくぐった。

「ご苦労さま」

「外は暑いでしょ？」

「暑い」

同僚たちと短い挨拶を交わしてから、小声で簡単に引継ぎを済ませた。勤務を終えた二名が疲労を背負って出て行った。

そこの建物は、死刑囚の収容数の割に広く、天井は吹き抜けだった。両側には上下二段の独居房がつづき、取り外し可能な鉄の階段と、下から透けて見える、格子状の鉄板製の廊下が伸びていた。死角が最小限に抑えられた造りで、看守がどこにいようと全体の九割方を見渡すことができた。

私と堀部は右側の階段を上がった。他の刑務官は各自の部署に就いてじっとしていた。私は手前の壁に、堀部は向かい側の突き当たりに、似たような恰好で背をもたせた。火の運動時間が訪れるまですることがなかった。それで、互いの様子を窺ったり、ひっきりなしに汗を拭ったりして、遅い時間の流れに耐えた。時間潰しにかけては入院患者よりも慣れていたかもしれない。目は開けていても、視野に異変が生じない限りはあらぬ思いに耽っていればいいのだ。私の視線はたちまちにしてぼやけ、頭が勝手に妄想へと傾いた。それに飽きると、今度は釣りに及んだ。

頭に浮かんだのはお気に入りの釣り場だった。流れの上に大きなカエデの枝がかぶさり、底なしに静かで、涼味満点だった。堀部に言われるまで、そこから上流へ足を進めることなど考えてもみなかった。毎度同じ場所で飽きなかったことが不思議だった。遡れば、確かに大物と出会えるかもしれなかった。それに次は中川もいっしょだから、雰囲気を変えるのも一興だろう。果たして中川は行くだろうか。気が進まなくても行くべきだ。川辺に佇むだけで気が紛れる。今のあいつには何よりも憂さ晴らしが必要だ。

釣りの件はそれで途切れ、次は今度生まれてくる三人目に思いを馳せた。三人は多過ぎるかもしれない。給料に見合っていない。学費のための貯えがまだ軌道に乗っていない。年に一度か二度あの当番が回ってきたら、その特別手当でどうにかなるのに。いや、その程度ではどうにもならないだろう。

そこまで考えたところで、胸に暗雲が漂い、頭はふたたび釣りへと戻った。

電気時計がチンチンと鳴った。当番が吹くホイッスルが大袈裟に響いた。囚人の誰かの大あくびと、ほかの誰かが壁を蹴って立ち上がる音が聞こえた。次のホイッスルで、刑務官たちが次々に扉を開けていった。私も受け持ちの二階の片側を半分まで開け、ちょうど真ん中で堀部と会った。三回目のホイッスルで囚人が監房からいっせいに現れた。

夏用の囚人服を纏ったかれらは、背中を見せて整列した。

「私語をするな！」

「唾を吐くな！」

同僚の怒鳴り声をホイッスルが消すと、今度は身体検査に移った。

囚人たちはそれぞれの房の扉に両手を突いて腰をかがめた。真夏のこの仕事は、かれらの体臭が手に残るので手早く済ませた。堀部が例の囚人に何やら小声で話しかけながら、足の方へぽんぽんと掌を当ててゆくのが見えた。そいつは真っすぐ前を見据えて為すがままにされていた。それからかれらは一列に並べられた。私は受け持ちの列の先頭に立ち、堀部がしんがりを務めて、急こう配の階段を下りて行った。新米だった頃の私は、囚人に背を向けただけで、後頭部と背中に寒気を感じたものだ。

階下で他の列が行き過ぎるのを待ち、それからトンネルの通路を抜けて外へと出て行った。

高々と昇った太陽に圧倒されて、誰もが手をかざして目を覆った。その運動場は、一般の囚人がソフトボールやサッカーに興じる広い芝生のグラウンドとは異なっていた。狭い土地をコンクリートの高い塀で扇状に区切られ、要に当たるところには監視台が設置されていた。そこからだと、一名で全員の囚人を見張ることが可能だった。きょうの役目は私と堀部だった。ほかの同僚たちはひとつの区切りに一名の囚人を入れてから鉄扉に鍵を掛け、一旦控室へと引き返して行った。

監視台にコンクリートで固定された頑丈な椅子は、熱く灼けていて、とても座れたものではなかった。私は帽子をかぶり直して、立ったまま仕事をつづけた。囚人は思い思いに手足を動かし始めた。シャツをはだけて地面に仰向けになる者。むやみに飛び跳ねる者。軍隊で覚えたという徒手体操に励む者。保健所に集められた野犬にどこか似ていた。

「私語はやめろ！」と堀部ががなり立てた。

するなと、仕切りの壁で隣が確認できず、誰が叱責を食らったのかわからないので、囚人たちの目がいっせいにこっちへ注がれた。しばらくの後、かれらはふたたび思い思いの体操らしき行為を再開した。おそらく腹話術の要領で会話を再開させたのだろう。

「くそ暑いのによくあんなに動き回れるな」と堀部。

「気が紛れるからさ」

「そういうもんかな」

「そうさ。おれたちの釣りと同じだよ」

堀部の視線は例の囚人に注がれたままだった。

「さっき、あいつに何を言ってたんだ？」と私。

「あれか。新入りの看守を舐めるなって」

「そう言ったのか？」

「ああ、言ってやったさ」

「新入りって中川のことか?」

「ほかに誰がいる」

「それであいつは何か言ったか?」

「何も……あんな目付きをしただけだ」

堀部はそう言って顎をしゃくり、問題の囚人を示した。そいつはおかしな体操を中断して壁にもたれ、掌で額の汗を拭い、横目を使ってこっちを見た。

「そのうち何かやらかすって顔だぞ、あれは」と私。

「やれるもんならやってみろって。睨みつけるのが精いっぱいさ」

そいつはまだこっちの様子をちらちらと盗み見ていた。堀部はそのたびに睨み返していた。ほどなく相手は、頭の汗を手で払い落としながら、勿体ぶった足取りで移動してきた。そして、熱い鉄格子をむんずとつかむや、挑発的な視線をまともに投げつけた。

「何か用か？」堀部が詰め寄った。「用がなかったらあっちに片付いていろ」と囚人。

「ここにいちゃいけねえって規則でもあんのか？」と囚人。

「いちいち相手にするなって」と私。

相手は鉄格子を揺さぶるようにして、こう言った。

「怖いもの知らずの立場がわかるか？」

「なんだと」堀部はできるだけ声を抑えて言った。「人でなしのくせに一端《いっぱし》の口を叩くんじゃない」

「どっちが人でなしだか」と囚人。「これまでに何人絞め殺した？　ひとり吊るすたびに幾らかもらえるのかな？　安月給でご苦労なこった」

「やめろ、堀部。構うな」

堀部は挑発者を睨みつづけ、顔面のあちこちを引き攣《つ》らせていた。腰の警棒に手を添えても抜きはしなかった。私はもう一度彼を呼んだ。ややためらってから堀部はこっちへやってきた。そのあと囚人はしばらく睨んでいたが、やがてゆっくりと元の位置へ戻り、どっかと座りこんだ。

「あいつのときはおれがやる」

堀部は汗が引いた白い顔で、私にそう言った。

「そう向きになるなって。どうせ次は奴の番だ」

「誰に聞いた？」

「主任」

「そのときの担当は？」

「このおれだ」

「もうひとりは？」

「あいつ」

「あいつって?」

「新入り」

「もうやらせるのか」

「どうせやるんだから早いほうがいい」

「それも主任が言ったのか」

「そう、先日の飲み会で全部喋ったよ」

「なら、間違いないな」

「新入りとは組みたくないって言ったんだが」

「おれと交替してくれないかなあ」

そう言う堀部の目は本気だった。

その囚人は、地面に少し生えている草をむしり取って茎を嚙み、緑がかった汁といっしょに唾を吐いた。

「決まった担当は替えられんよ」

「そうだな」

「私情を挟むなって」

「……」

「特にこの仕事はな」

堀部は警棒とそれに添えていた手の汗を拭った。遠くで鳴くセミの声が、海鳴りと融け合った。運動時間終了のベルが鳴り、休んでいたほかの看守たちが白砂を踏み鳴らしてやってきた。

それから二日経過して、あの囚人の死刑執行日が言い渡された。面会人はなく、弁護士も拒絶されたという。だからといって、とりわけ珍しいケースではなかった。

処刑される立場の者は皆、俳句や短歌を習わされていたが、彼は文盲を理由に一度も鉛筆を手にしなかったという。

例によって私は二階の突き当たりに陣取っていた。三十分後には囚人たちを入浴させなければならなかった。それで今日の勤務は終わる。

向かい側には、両手を後ろに組んだ中川が立っていた。特別に暑い日で、じっとしていても汗が噴き出してきた。肌にへばりつかぬよう、ときどきシャツを引っ張って隙間から息を吹きつけた。中川は体をこわばらせて微動だにしなかった。私の目は知らず知らずあの囚人の房に注がれていた。中川もそっちを気にしている様子だった。階下の同僚は思い出したかのように各房を覗いて回った。その靴音がいやに響いた。この暑さには全員すっかり参っていた。あちこちから、寝返りを打つ音や意味不明のため息が漏れ聞こえてきた。

私はいつしか中川のことを考えていた。執行に初めて立ち会う刑務官と組みにされるのは、なんだか気が重かった。どうでもいい些細な手順がぎくしゃくしがちで、そんなときに限って、だるくて不安な、妙な気分に陥るのだった。

まあ、いいさ、それも経験だから。おれも最初はあんなふうだったのだろう。あれほどまでにはうろたえなくても、内心は似たようなものだったに違いない。中川もそのうち悟るだろう。何を？　おれがいったい何を悟っているというのか。ただ慣れて神経が麻痺しただけなのに。やめよう、こんな自問は。深く考えてはいけない職種だと教えてくれた先輩の忠告にひたすら従うしかなさそうだ。単なる刑の執付にすぎない。万人の了解の元に定められた法律という後ろ盾を忘れてはなるまい。ともあれ、中川を釣りに誘おう。そうすれば気が晴れて元通りになる。単純なもんだ、人間なんて。物事は単純に割り切るのが一番だ。

釣り道具や天候のことを考えているうちに、時間が思いのほか早く過ぎた。ベルが短く鳴って、そのあとをホイッスルが長々と追った。刑務官たちは姿勢を正して、次の動作を待った。各房から、囚人が身支度を整える音が聞こえてきた。中川はポリエチレンの洗面器を取りに階段を下りて行った。その間に私は、受け持ちの監房を覗いて回り、準備が整ったかどうかを確認した。例の囚人はきちんと正座していたものの、その目は一段と鋭く尖っていた。

次のホイッスルで、同僚たちが次々に扉を開け放っていった。急に喧《やかま》しくなった。洗面器が配られて、囚人が滑稽なまでに整然とした隊列を組む前に、身体検査を始めなければならなかった。中川をあの囚人に近づけてはまずいと思い、私は作業を急いだ。だが、中川のほうが早く、気づいたときにはもう相手の脇の下を探る様子が見て取れた。その刹那、何やらきな臭い予感が走った。

青い洗面器がくるくる宙を舞って床に落下し、安物の石鹸が床を滑って、ちょうど入ってきた主任の足元で止まった。主任は上を見上げるやホイッスルをけたたましく吹き鳴らした。ついで、非常ベルのボタンのところまで駆け寄った。それでもボタンを押さなかった。

中川は片膝をつき、右手は手摺りをつかんでいて、脇腹をその囚人に蹴りあげられているところだった。

「誰も動くな！　そのままじっとしていろ！」

刑務官はてんでに警棒を抜いて振りかざしながら、他の囚人を一箇所に集めて周りを囲んだ。

「ここまできた奴は撃ち殺す！」

そう言って主任は入口に立ちはだかり、拳銃を抜いて撃鉄を起こした。訓練通りの手順だった。

私は狭い通路を一気に駆け抜けた。その囚人は中川の拳銃のケースの蓋に手を掛けているところだった。私はかがみこんでそいつの後頭部に渾身の力を込めた一撃を加えた。肩の付け根までくる手応えがあり、そいつは中川の上に折り重なるようにしてくずおれた。ほとんど反射的に決定打を浴びせようと警棒を振りかざしたが、すでにしてその必要はなかった。脳震盪《のうしんとう》を起こした相手は頭をがっくりと垂れ、両足をぜんまいバネのように震わせていた。我に返った中川は失神した囚人を押し退けて、蹴られた脇腹を手でさすりながらよろよろと立ち上がった。

「手錠だ！」と私は怒鳴った。

ところが彼は、目を宙に据えたまま蒼白の顔面をわなわなさせるばかりで、動く気配をまったく見せなかった。やむなく私が囚人の手を後ろに回して、自分の手錠をきっちりと掛けた。

「全員房に戻せ！　風呂はなしだ！」

そう言って主任は拳銃を腰の皮ケースに戻し、蓋を閉じた。彼の部下たちは急いで担当の囚人を房に戻した。連中は不満の声を張り上げ、覗き窓に顔面を押しつけて外の成り行きを見守った。刑務官たちはふたたび定位置に着き、主任は苦り切った表情で階段を上ってきた。

「大丈夫か？」主任は中川に尋ねた。「怪我は？」

中川は俯き加減のまま頭を振った。何か喋ると泣きそうだった。そして足元から震え出し、それが全身に広がった。

「大丈夫ですよ」と私が代わりに答え、中川の肩に手を置くと、ぴくりと動いて身を引いた。私は腹のなかで舌打ちをした。中川の口の端からうっすらと血の糸が引いていた。

「こいつをどうしましょう？」

私は意識を回復した囚人の手錠をつかんだまま主任に尋ねた。

「いつものところでこってり絞ってやれ」主任は言った。「馬鹿な奴だ。こんなことして延期されると思ってんのか」

「でも、ずっと以前の奴の場合は数ヶ月延びたでしょう」と私。

「あれは怪我を負わせたからだ。こんなのは怪我のうちに入らんよ」

私はその囚人の背中を小突きながら階段を下りた。中川はやや遅れて付いてきた。しばらくしてベルが鳴り、夜勤の同僚と交替した。私たちと入れ違いに堀部が別の同僚とやってきた。

「何かあったのか？」と堀部が訊いてきた。

「こいつがちょっと暴れてな」

堀部はその囚人の顔を下から覗きこんだ。

「中川を殴った」と私。

「どうして？」

「知らんよ」

「大丈夫か？」と堀部は中川に尋ねた。

「どうってことはない」と私が代わりに答えた。

「ならいいが。釣りはどうする？」

「行くさ。また遅刻するなよ」

「今度はちゃんと目覚まし時計を仕掛ける」

「それじゃ、あしたまた」

通路へ出た際に後ろを振り向くと、堀部が囚人を殴る真似をして、声を立てずに笑ってみせた。

私たち三人は狭いコンクリートの通路を歩いて、倉庫を想わせるがらんとした部屋に入った。黴臭さと蒸し暑さにしばし圧倒された。分厚い扉をきっちりと閉めてから、後ろ手に掛けたままの四人の足をだしぬけに払ってひっくり返した私は、消火用のホースを引っ張り出して筒先を相手に向け、背後の中川に栓を全開するように言った。凄まじい水圧によって相手はいっぺんに吹き飛ばされ、壁際での悲鳴が迸《ほとばし》った。

遠くからホイッスルが聞こえた。やはり風呂へ入れるのだろう。ほどなく通路に靴音が響いてドアが開き、外の熱気といっしょに入ってきた主任が、その部屋にふたたび気を失った囚人を残したまま出てくるようにと私と中川に命じた。そして、滑稽なほど面長の、業務の監視役だという係官を紹介した。白っぽい夏用のスーツに灰色のネクタイをきちんと結んだ、見知らぬ顔だった。

例の囚人はほかの看守に任せ、私たち四人は別の部屋へと移動した。主任は出て行き、まもなく戻ると椅子をひとつ抱えていて、それに係官を座らせた。私たちは立ったままだった。

「何があったのかね？」と係官は中川を真っすぐに見つめて訊いた。

「殴られました……いきなり」

「そうなった理由は？」

「さあ……」

「何か挑発的なことを言ったのかね？」

係官は次第に尋問の口調になった。

「別に……」

「何も言わなかったんだね。では、何かしたかね？」

「しません」

「間違いないね？」

「はい」

「佐々木くんだったね、君はそばにいたんだろ？」

「はい、いました」と私。

「中川くんの言った通りかね？」

「そうです」

「取り押さえたのは君だね？」

「一番近くにいましたから」

「どうやったの？」

「警棒を使用しました」

「殴ったんだね？」

「どこを？」

「この辺です」と私は言って、自分の後頭部を掌で叩いてみせた。

「さっき、あの部屋で何をやっていたのかね？」

「殴った箇所が少し腫れていたので水で冷やしてやっていました」

「ああそう……冷やしてねえ……」

「で、相手は拳銃を奪おうとしたのかね？」と係官。

「そうです」と中川。

係官はカーボン紙を挟んだ書類にボールペンを走らせながら、なおも尋ねた。

「逃亡か、あるいは何かほかの目的で？」

すると主任が首を横に振って、否定するよう私に合図を送った。

「いえ、それはないと思います」と私はきっぱり答えた。

そのとき私の目が偶然中川の腰のところに移った。皮ケースの蓋が開いていて、拳銃の一部が見えていた。係官も気づいたはずなのに、なぜかその件には触れなかった。

ずぶ濡れだった囚人が見違えるようなさっぱりとした身なりで、堀部に連れてこられた。

そして訊かれもしないのに、いきなりわめき始めた。だが、水責めの件についてはいっさい触れずに、看守を襲った理由を強調した。

「おれは逃げようとしたんだ。ピストルを奪ってな。これは立派な罪だぞ。もう一度裁判をやってもらおうじゃねえか。ええ、どうなんだ?」

私は彼の耳元で囁いた。まだシャワーが足りないのかと言い、今度は熱湯で試してみるかと言うと、それきり黙りこんだ。

それから囚人は肩を振り払って私の手を除け、大きく息をしながら、係官をぐっと睨み付けた。

「これといった狙いがあってのことではないんだね？」

主任が囚人に成り代わって「そうです」と言い切った。

「中川くんの怪我の程度は？」

「報告するほどではありません」と私。

「では、これに署名して」

私たちはカーボン紙を抜き取った書類にサインした。

「じゃあ、これで終わります」と係官は言って、私と中川を帰した。通路を折れ曲がった直後に、囚人の絶叫が届いたものの、それきり静かになった。

休憩室を兼ねた控室には誰もいなかった。天井の扇風機の回転がいつになく虚《うつ》ろに思えた。中川はそのままソファにどっかりと腰を下ろした。私は拳銃やら何やらをロッカーに仕舞いこんだ。

窓のカーテンをいっぱいに開けた。日が落ち掛かり、斜光が部屋の奥まで達していた。アブラゼミは黙り、ヒグラシが鳴き始めた。

「まあ、こんなことだってあるさ」と私は言った。

それから自分のデスクから新しいタバコを取り出して火を点け、相手の顔を見ないようにしてそれを差し出した。

「吸うか?」

中川は俯き加減のまますぱすぱとタバコをふかした。手の震えのせいで灰がぽとぽと落ちた。私はもう一本をくわえた。ニコチンが瞬時にして一連の興奮を鎮めた。

「明日の釣りを忘れるなよ」と私は言った。「迎えに行こうか?」

中川はそれには答えず、フィルターのところまで吸ったタバコを灰皿に投げ入れるや、すっくと椅子から立った。ついで、腹立たしげに装備を解き、帰り支度を始めた。

そして、「お先に……」と言って出て行った。私はその背中に向かって何か言いかけ、止めた。確かに引きずる足音が通路の奥へと去って行った。ソファに戻った私は、二本目のタバコに火を点けないまま箱へ戻した。それからしばらくのあいだ、天井で回転する扇風機に目をやっていた。

夕凪が終わって、昼と夜が入れ替わる風が吹いてきた。私は時計を確認して扇風機のスイッチを切り、その部屋を出た。土手のトンネル通路をとぼとぼ歩き、グラウンドの芝生に出たとき、ちょうど日が沈むところだった。空の半分は真っ赤に焼け爛れていた。木立の向こうに人影が認められたものの、すぐに見えなくなってしまった。中川の姿に似ていた。

探照燈が一定した速度で旋回してもたらす巨大な光の輪が、辺り一帯を舐めていった。正門に近い広場では、一般の囚人たちがおよそ一年を費やして制作した家具を運ぶトラックが数台集まっていた。

自宅の前までくると、子どもらが飛び出してきて、私の両腕にぶら下がった。「お帰り」と台所からかけてくる妻の声が、緊張の残りを消した。息子たちが私の帽子を奪い合ってはしゃいだ。私は素っ裸になって浴室に飛びこんだ。シャワーの湯が沁みたことで、腕の掠り傷に気づいた。浴衣に着替える際、そこがひりひりした。

「海へ連れてくって子どもたちに約束したの？」

夕食のとき、妻が言った。

「まだ無理じゃない」

「平気さ」

「だって、波が荒いわよ」

「穏やかな浜があるんだ」

私はビールをぐっと飲み干した。

「ほんとに？」

「ほんとさ」

「いつ行くの？」

「あした、あした」と子どもたちがご飯粒を撒き散らして騒ぐ。

「あしたは駄目。釣りの日だから」

「また釣り？」と妻。

「そう、また釣りた」と私。

「釣りなんてどこが面白いの？」妻が真顔で訊いてきた。「弱い者いじめじゃないの？」

「そんな言い方はよせ」なぜか私は向きになった。「昔ながらの高尚な趣味だぞ。いいからふたり分の弁当を用意してくれ」

「どうして？」

「中川の分だ」

「新入りの人？」

「そう」

「若い人は釣りなんか嫌いでしょうに」

「やれば好きになるって」

「弱い者いじめだから」

「やめろって、そういう言い方は」

「で、海はいつ？」と妻。

すると、食べ終えてテレビを観ていた兄弟がいっせいにこっちを振り向いた。

「火曜日にするか」と私は子どもたちに言い、「特休があるからな」と声を潜めて妻に言った。

「またあれがあるってこと？」

「らしいんだ」

「今度は誰？」

「そんなこと言えるか」

「……」

兄弟は畳に腹這いになって泳ぐ真似に興じていた。その姿が苦悶を想わせたので、私はとっさに目を背けた。

その夜遅く、眠りが中断された。妻が玄関先で大声を発していた。蚊帳をはぐって出てから、寝巻の帯を締め直しているあいだに、私は訪問者の正体に気づいた。

玄関へ出てみると、そこに中川が座りこんでいた。ひどく酩酊していた。

「会わせろってきかないんですよ」

私を見てほっとした妻が言った。

「佐々木さん、ぼくは辞めますよ」

そんなことを言う中川は首の付け根まで真っ赤だった。

「辞めるって、何を？」と私。

「今の仕事に決まってるじゃないですか」

酒臭い息が充満していった。

「まあ、いいから。とにかく上がれ。大声を出すな。子どもが起きちまう」

わたしは中川を背後から抱き上げ、妻が靴を脱がせた。そして居間へ引きずって行こうとしたとき、子どもたちの視線に射すくめられた。妻が慌てて布団へ戻るよう叱りつけた。

「しょうがねえ奴だなあ」と私は言った。「おい、水を持ってきてやれ」

妻がコップの水を運んできた。中川はそれをひと息に飲み干そうとして激しくむせ、シャツをびしょびしょにした。

「ぼくにこの仕事は無理です。ていうか、仕事じゃありません」

「いいから、もっと静かに話せ」

「いえ、声を大にして言います。あれは人殺しです」

「人殺しはあいつらだ」

「佐々木さんは平気でつづけているんですか？」

「法治国家なんだから誰かがやらなければいけない仕事だぞ」

「そんな建前を訊いているんじゃありません。平気なんですかってことですよ。その仕事を終えたあと、家へ帰って平気で夕飯を食べられるんですか？」

「……」

「場数を踏めば慣れるんですか？」

「……」

「佐々木さんはきっと好きなんでしょう、あの仕事が」

「まさか」私はむかっ腹を立てそうになった。「好きなもんか」

「嫌いではつづけられないでしょ。つまり、正義を装った殺人者でしょうが」

「しまいにゃ怒るぞ」

「いえ、やっぱりぼくが駄目なんでしょう。信念を持たない臆病者でしょうよ」

「採用されたとき所長の訓辞を聞かなかったのか？　もう忘れたのか？」

「聞きましたよ。あれは正しいです。神聖な職務ってことですよね。怨みも何もない相手を仕事として殺すことがね」

「おまえは酔っ払っているんだ。もう帰って寝ろ」

「眠れるくらいならここへきませんよ」

私は俯き加減の中川の顔を上げようと、肩に手を置いた。そのとき初めて泣いていることがわかった。しゃくり上げるたびに大粒の涙がこぼれた。途切れ途切れに何やらぶつくさ言って、随分長いこと子どもみたいに泣きじゃくっていた。

「月曜日は堀部と交替しろ」と私は言った。「おれから主任に頼んでおく」

中川は充血した目で私を見つめた。心の底を覗きこまれたように思えて、素早く顔を背けた。

「あんな真似ができるなんて……」と中川。

「その話は明日にしよう。今夜はもう帰れ」

中川は腫れぼったい目をさかんに擦ってから、ようやく立ち上がった。酔いがすっかり醒めて顔は青白く、だが足取りは覚束《おぼつか》ず、玄関先でよろけて転んだ。

「釣りのことを忘れるなよ」と私。

「首吊りのことなら忘れません……」

引きずる足音が真夏の夜の奥へと吸いこまれ、浜に打ち寄せる波の音によって完全にかき消された。

「送ってゆかなくていいの？」と妻が言った。

なんだか胸騒ぎを覚えて、私は外へ出てみた。赤い月が頭上に浮かんでいた。しばらく行くと、中川の吐く声が聞こえてきた。いくらか安堵を覚えて、家に引き返した。

「仕事のことで何かあったの？」と妻。

「あいつはまだ若いってこと」

「やっぱり釣りに誘ったら」

「そうするよ。あいつの弁当も頼む」

「あなたも若いときはああだったの？」

「……たぶんな」

「で、幾つの頃から平気になったの？」

「おまえまでが今さら訊くなって」

妻は玄関の鍵を掛けた。私は中川が使ったコップを台所へ運び、蛇口の真下に置いて水を強く流した。自問のあれこれが下水口へと吸いこまれていった。酒を飲もうという気持ちが瞬時に消えた。

あくる日の朝、私たちは三人で釣りに出かけた。二日酔いのせいで、中川の顔色は冴えなかった。昨晩の一件については触れないでおいた。

上機嫌の堀部は、自分の釣り道具と弁当のほかに、ビールの小壜を半ダースとつまみを手提げ袋に詰めこんでいた。申し分のない釣り日和だった。

私たちは暑い日差しのなかを停留所までてくてく歩き、そこからバスに乗った。中川のせいで会話は弾まなかった。

乗客は町外れへくるまでに次々に降りてしまい、赤ん坊を竹籠に入れて背負った老婆と私たち三人のみとなった。こっちへ視線を投げるとき、赤ん坊の表情になぜか恐怖に似たものが感知されたのは、たぶん気のせいだったろう。

男の車掌が窓を全開にした。生ぬるい風が車内を素通りした。それからバスはその界隈では一番大きな橋を渡り、川に沿った道を走り、幾つものカーブを曲がりながら上流へと向かった。

それ以上登れないところにある、笹藪を切り拓いただけの円形広場が終着点だった。私たちを降ろすや、バスはすぐさま土埃を舞い上げて引き返した。

日はまだ昇りきっておらず、全山がセミや鳥の声で埋まっていた。赤ん坊を背負った老婆は別の小道へと消え、私たちは道なき道を走破しながら、小さな山をひとつ越えた。真下では沢が音を立てて流れていた。それから沢沿いの細道を行き、冷たい水を掬って飲むほどに汗が噴き出て、シャツが塩分の縞模様を描いた。

やがて、いつもの釣り場に出た。大岩の上に丈の長い草が覆いかぶさっていて、さらにカエデがいい日除けを作っていた。私と堀部が陣取るいつもの場所の草だけが寝ており、その周囲にはタバコの吸い殻や空き缶や空き瓶が散らばっていた。いつかまとめて持ち帰るつもりが延び延びになっていた。

「いい場所だろうが？」と私。

「おれたちの隠れ家さ」と堀部。

中川は黙りこくったまま額の汗を丹念に拭き取り、澄みきった水面に目を注いでいた。

「きょうはもっと上流に行くぞ」

堀部の言葉に従って、私と中川は付いて行った。傾斜した山裾が川岸まで迫り、背丈の低い広葉樹が不規則に並んでいた。草丈は腰まであり、所々にヘビイチゴの赤が緑に彩りを添えていた。私はそれを摘み取って握り潰し、汁でそまった指を鼻に近づけて匂いを嗅いだが、期待した香りは得られなかった。先頭を行く堀部が、躓《つまず》くたびにビール瓶がカチャカチャと音を立てた。

川幅が大分狭まったところで視野が拓け、川原に出た。

巨石がごろごろと点在し、図抜けてでかい岩が流れの中央まで突き出しており、その上が上手い具合に平らになっていた。ひと目でそこを釣り場に決めた。

釣り道具や弁当やビールを先に押し上げてから、苦労してよじ登った。

岩肌は熱を放っていて、じかに腰を下ろせないほどだった。汗まみれになりながら、私たちはビールを飲んだ。冷やされていなかったので飲めた代物ではなかった。残りの壜が近くの浅い川底に沈められた。

「いるか?」と私は目を凝らしながら訊いた。

「いるいる、うようよいるぞ」と堀部が流れを覗きこみながら言った。

青く淀んだ岩陰には、大型のヤマメが渦を描いていた。先頭が向きを変えると他もいっせいに変え、そのたびに鱗がえもいわれぬ反射光を放った。そして、さらに深いところでは、もっとでかい獲物がじっとしていた。

「イワナだぞ、あれは」堀部が言った。「ここまできた甲斐があったな」

「ほんとかい?」

「ああ、イワナに間違いない」

「きょうはついてるぞ」

「疑似餌で騙せる相手じゃないな」

「ミミズにするか」

青々とした瀞場《とろば》の向こうに白く泡立った早瀬があり、そこでは夥《おびただ》しい数のハヤがすいすいと泳いでいた。

堀部は早速釣り道具を広げて、まずは竹製の自慢の竿を繋ぎ始めた。

「そんなに急ぐなって」私は言った。「まず昼飯にしようや」

「おれは食べながら釣るよ」

私はリュックから包みを取り出して、そのひとつを中川に渡した。

「すみません、おれの分まで」

「いいさ、おまえは独身だもの」

中川は包みを解いて握り飯を頬張った。私もそれに倣った。

「おれだって今は独り身だぞ」と堀部。

「そうだったんですか」と中川。

「釣った魚に逃げられたのさ」と私。

堀部はミミズを釣り針に通しながら、自分で作ったサンドイッチを貪り、ときどき大声ではしゃいだ。

「でかい声を出すなって。全部逃げちまうぞ」

「逃げたってすぐに戻るよ」

「囚人みたいにか」

「おれたちの囚人は二度と戻らん」

私たちが交わす冗談に、中川がせっかく和らぎかけていた表情をまた曇らせた。

三人はそれぞれ好き勝手な場所を確保して、釣り糸を垂れた。岩の上は暑く、それでも上流からの微風と流れの涼しげな音が汗を抑えた。

私はミミズを入れた空き缶を日陰に移してから、浮きの動きに目を凝らした。餌が水を吸って動きを活発化させ、たちまちにしてヤマメがそれに群がってきた。

最初に釣ったのは初心者で、小型のヤマメだった。

不器用に針が外されたせいで獲物の口がずたずたに裂けてしまった。堀部がそれを中川の手からひったくってフラシに放りこみ、背後の浅い水溜まりに漬けこんだ。

「な、面白いだろうが？」と私。

「……ええ」と中川。

「次はもっとでかいやつを狙え」と堀部。

私は竿を立てて浮きを高い位置に付け直し、餌を新たに付け直してから深いところの大物に的を絞った。微動だにしない獲物は餌が接近するたびにパッと散り、しばらくすると注意深い接近を図った。やがて一匹がミミズをつつき、浮きをピクピクさせたかと思うと、テグスがぴんと張り詰め、竿先がぐっとしなった。そいつが大暴れしているあいだに、ほかのヤマメは逃げてしまった。針掛かりをしっかり確認した私は、短く持ち変えた竿をゆっくりと大きく回転させ、充分に弱らせてからたも網で掬った。堀部がフラシを渡してくれた。まずまずの型で、まるまると太っていた。

中川が釣ったのと比べるとかなり大きく見えた。

「まずまずだな」と堀部。

「でかいですよ」と中川。

「幸先がいいぞ」と私。

三人はしばし無言を保ったまま、大小二匹のヤマメに見とれていた。小さいやつは白い腹を半分見せ、裂けた口をパクパクやっていたが、ほどなくして仰向けにひっくり返り、絶命した。

小一時間ほどで二十ほど釣り、フラシは口元までいっぱいになった。だが、その後はぱったりと釣れなくなった。

「ビールでも飲もうや」と私は言った。

「それがいい」

堀部が岩にぶつけないよう注意して、川底からビールを引き揚げた。程良く冷えていたので、ひと息に飲み干すことができた。酔いが早く回って、頭がくらくらした。

「あしたも釣り三昧で過ごせたらな」と私。

「せめてきょうくらいはあしたの話をやめろって」と堀部。

「普通の日ならいいのにな」

「厭なことは早いとこ片づけるに限る」

「ついては頼みがあるんだ」

「金ならないぞ」

「中川と交替してくれんか」

するると堀部はビールから目を離し、私の顔をしげしげと見つめてから、次は中川へと視線を転じた。中川は眼差しを虚空に泳がせながら全身を強張らせていた。上流の森で鳴くカッコウの声がいちいち胸に突き刺さった。

中川から目を離さない堀部はいきなり笑い出し、無理やり明るい口調で、こう言ってのけた。

「この仕事をつづけたいなら深刻に考えるなって。それくらい最初からわかっているだろうが」

だしぬけに立ち上がった中川は、「泳いできます」と言うなり、大岩を飛び降りて上流へと駆けて行った。それを見て堀部がけらけらと笑った。

「若い奴をからかうなって」と私。

「辞めるんなら今のうちだな」

「……確かに」

夜中に泥酔してわが家を訪問した中川の件を、私は手短に語った。

「それで、おまえはなんて言ったの？」堀部が真面目腐った顔で訊いた。「何事も辛抱が肝心なんて言ったのか？」

「おれまでからかうなよ」

「主任をどう説得するつもりだ？」

「あんなことになって囚人とのあいだでけじめがつかなくなったからってのはどうだ」

「でも、主任は無理やりやらせるかもしれんぞ。新人にありがちな臆病風を吹き飛ばしてやろうと考えてさ」

遠くの瀞場で中川が泳いだり潜ったりしていた。それを面白がって見物していたセキレイが、長い尾羽で水面を叩きながら、もっと上流へと移動した。

私は新しいビールの栓を抜いた。

「世話の焼ける奴だ」と堀部は言った。「自分で選んだ仕事じゃないのか」

「ともかくあしたは替わってやってくれ」

「主任が駄目だって言ったらそれまでだぞ」

「ああ、わかってるって」

堀部は飲み干した壜をヤマメの群れに向かって投げつけた。鱗がいっせいにきらきらと光った。

私が中川を呼ぶと、カッコウの声が中断した。衣類を抱えてやってきた新人にその旨を伝え、堀部に礼を言えと促した。

中川は素直にそうしてから、頭を幾度も下げた。

「今回だけだぞ」と堀部は念を押した。

「……はい」

「次も駄目だったらほかの仕事に就け」

「……」

「どんな仕事だって向き不向きってもんがある」

中川の体からはしばらくのあいだ滴が垂れていたが、すぐに乾いた。

「向いているってことは好きだってことですか？」

その質問にたじたじとなった堀部は、すぐさま言い返した。

「つまり、おれが好きでやっていると思ってんのか？」

「もうよしなって」と私が割って入った「さあ、どんどん釣ろうぜ」

ふたりは黙りこんだ。

しばらくの後、釣りが再開された。だが、午前中の和やかさは半減していた。

「いいか、よく聞け」堀部が蒸し返した。「あいつらは人殺しでも、おれたちは違うからな」

中川は沈黙を守った。

「被害者の遺族に成り代わっての復讐でもないんだ」

中川は何か言いかけてやめ、釣りに集中する振りをした。

「もうよせってば」と私はふたたび割って入った。

「わかった」と堀部は言った。「おれが替わってやる」

「恩に着ます」と中川。

「着なくていい」

日が傾くまでかけて釣果《ちょうか》は上々で、その数は百を下らなかった。大型は指を使って腹を裂いて腸を出し、流れでよく洗った後、鰓《えら》に笹を突き刺して束ねた。広場の停留所へ戻ると、ちょうど最終のバスに間に合った。乗客は私たち三人だけであったにもかかわらず、少しも会話が弾まなかった。それぞれが離れた席に着いていたからだ。

四

月曜日。朝から曇りがちの天気で、今にも雨が降り出しそうだった。

目覚めたときには、もう朝食の用意が調っていた。子どもたちはまだ眠っていた。昨夜、数回ほど目を覚ましたことが思い出された。翌日にあの仕事が控えている晩はいつもそうだった。

私は髭を剃り、顔を洗った。指先に魚の臭いがこびり付いていて、いくら擦っても落ちなかった。

妻がクリーニングに出したばかりのズボンとシャツを広げていた。それはきょう一日着て、すぐにまた洗濯に出す衣装だった。そうした習慣がいつの間にやら固定化されていた。

清潔な衣装を汚さぬよう、私はいつも以上に気を遣って朝食を始めた。

「雨降りそうね」と妻。

「ああ、これは降るな」

「どうかしたの？」

「どうって？」

「顔色が少し冴えないもの」

「普通だよ」

「もう少し食べたら」

「お茶をくれ」

「あしたほんとに行くの？」

「どこへ？」

「海よ」

「ああ、行く」

「ほんと？」

「約束したんだ」

「あたしは留守番してるから」

「なんで？」

「こんなおなかじゃ」

そう言って妻は、突き出た腹を撫でてみせた。

「たまには潮風に吹かれてみろよ」

「だって……」

「そのほうが生まれてくる赤ん坊のためにもいいぞ」

「じゃあ、行く」

「おれひとりじゃチビどもふたりを見張りきれん」

「あの子たち、大はしゃぎね」

「それを見て喜ぶのが親の特権だもの」

私は胸のうちで「よし」と言ってから、身支度を始めた。

「傘持ってく？」

「要らん」

「降っても知らないから」

「土砂降りだっていい」

「どうして？」

「きょうはそんな気分だ」

「前にも同じことを言ったわ」

「……そうか」

家を出るや、雲はさらに濃くなり、まるで夕方の雰囲気と化した。どこの家もまだ起きておらず、波と風の音しか聞こえてこなかった。私は意識して背筋を伸ばし、きちんと足を運んだ。

広い通りに出ると、新しい囚人を満載した護送車が、ヘッドライトを点けっぱなしで、いかつい門に呑みこまれた。

グラウンドでは堀部が運動を兼ねた散歩を楽しんでいた。というか、そうやって気持ちを鎮めていたのかもしれない。

サイレンが鳴り響き、同時にあちこちからホイッスルの音が放たれ、多数の人がもたらすざわめきが届いた。いつものくり返しが始まった。

私は小走りに走って堀部に追いついた。

「おお」と堀部。

「少し急ごうか」と私。

足早にグラウンドを抜けて、土手のトンネルをくぐり抜けた。

処刑室につづく白っぽい道は、竹箒による筋目が綺麗に残っていた。私たちはそのまま専用の控室へ行き、そこで、そのための支度を整えながら心の準備をした。禁じられていたわけでもないのに、タバコは吸わなかった。

「こいつは降るぞ」

そう言って堀部は窓の向こうに広がる空を睨んだ。

「このところ降っていなかったもんな」と私。

「何もこんな日に降らなくたっていいのに」

「まったく」

ほどなく主任がやってきた。普段とはいささか異なった印象で、身のこなしがいちいち格式張っており、滑稽にさえ感じられた。

それから彼はいつもの手順に従って、純白の手袋を私たちに渡し、きっちりとボタンを掛け終えるまで見届けていた。手袋がきつめに感じられたのは気のせいだったろうか。

「奴はどうしてます？」

堀部が主任に尋ねた。

「奴って呼び方はよせ、きょうくらいは」

「それなら、さん付けにしますか？」

「冗談もやめろ」

主任はそう言ってから、ほかの用事で部屋を出て行った。

「奴め、かなり暴れたって話だぞ」と堀部。

「そのほうが気が楽だ」と私。

ついできのうの釣りの話をしたが、さほど盛り上がらなかった。

「とうとう降ってきたぞ」と堀部。

大粒の雨が窓ガラスを叩き、糸を引いて流れ落ちた。部屋のブザーが短く三度鳴らされた。

私たちはひび割れをモルタルで補修された細長い通路を進んだ。

「ご苦労さまです」

夜勤の一般の看守が迎えてくれた。

「相手はどんな様子だ？」私は尋ねた。「まだ暴れてんのか？」

ひと晩泣きわめいたということだった。

「ほっておくしかないんです。へたに手を出して怪我でもされたら延期されますからね」

「ほかの連中は眠れなかっただろうに」と堀部。

「さっさと絞め殺してしまえって騒ぎましたよ」

「大変だったな」と私。

「まあ、そういうこともありますよ」

夜勤の刑務官は腫れぼったい目を擦りながら鍵束を取り出し、通路を遮断している鉄格子の扉に施錠した。

あとはそれきり静まり返った。物音はというと、ときおり足を組み替える看守の靴音のみだった。そうした瞬間、なぜかは知らぬが、どの監房からも囚人がいっせいに消えてなくなったように思えた。若い頃に比べて、そうした錯覚の回数は大分減ってきていた。

あの当時は、どの独居房も不潔で、しかも全室が埋まっており、例の当番が月に三度も回ってきたことさえあった。それでもなお満杯だったのだ。

だが今では、同僚の数が増えて、死刑囚の数が大幅に減っていた。

雨は土砂降りになったらしく、屋根の音が限界まで募っていた。そこに窓が設置されていたならば、空中を交差する稲妻が見えたことだろう。

「本降りだぞ」堀部は支給されたばかりの真新しい制服を指差して言った。

「帰ったらすぐ洗濯に出さんとな」

「傘を持ってきても役に立たなかったな」と私。

そのとき、処刑室までつづく、馬鹿丁寧に掃き清められた、長さ数十メートルほどの道が、ぽっと脳裡に浮かんだ。毎回そうだった。そして、一般の囚人たちの朝食を告げる、二度目のサイレンが鳴り響いた。その最中、通路の奥から複数の足音が迫ってきた。先頭を切るのは所長、隣りにはがっちりした肩の主任がいて、かれらの背後には三人の係官がいて、中川が危害を加えられた際に調書を取った男か混じっていた。お馴染みの教誨師《きょうかいし》も。

教誨師は上等の衣装を纏っているうえに、普通人の優に二倍はある体格のせいで、見た目以上に厳かな印象を与えた。堀部は彼の巨体と彼の仕事を忌み嫌っていた。私にしても、脂ぎった顔つきそのものに生理的な嫌悪感を覚えた。彼は白い手袋によって本日の当番を知るや、女みたいな微笑を私たちに投げてきた。

以前堀部が呟いた悪態を思い出した。

「吊るし甲斐のありそうなデブめ」と吐き棄てるように言ったのだ。

彼は五年目で、前任の誰よりも長く、それに休んだことが一度もなかった。

検死のための医師はすでに地下室で待機しているはずだった。

私たちはその独居房の前に並んだ。処刑のある日は、ほかの死刑囚たちの固唾を飲む気配がひしひしと伝わってきた。そう感じられてならなかった。

雨の勢いはさらに増した。主任がそのことを所長に伝えた。所長は前方を見据えたまま、しゃくれた顎を突き出して首を横に振った。

束の間、誰もが無言で通した。私と堀部はその独居房の扉を凝視していた。ほかの者たちも同様だった。

電気時計の長針がすっと滑って、十二時を示した。ホイッスルは吹かずに、主任は黙って手を上げ、私と堀部に合図を送った。同時に皆が緊張の度合いを増し、比較的若い刑務官が、桐の箱に収めた真新しい綿の単衣を抱えて、ずいと進み出た。鍵束からひとつを選んだ私は、その独居房の前に立った。教誨師の独言が背後に迫った。私はかがみこんで鍵を操り、扉を開けた。関係者がいっせいに緊張する、いつもの瞬間が訪れた。

死刑囚に特有の臭気といっしょに外の光がどっとあふれ出た。降りしきる雨が格子窓から見えた。稲妻の閃光が走った。

囚人はというと、頭を腹にうずめ、夏用の毛布にくるまって寝固まっていた。出てくるよう促しても動く気配を見せなかった。よくあることだった。私と堀部は房内へと踏みこんだ。そのとき、囚人が大きく寝返りを打ったせいで毛布が体に巻き付いた。所長が係官から書類を受け取り、改まった口調で囚人の名前を読み上げた。相手はどうあっても起きないつもりだった。主任の目配せをきっかけに、私は動いた。まずは毛布を撥ね退けた。現れた囚人の顔がいつになく間抜けに見えた。堀部が羽交い締めの要領で彼を立ち上がらせた。

囚人は全身を震わせ、半分開いた目で関係者の全員を見つめた。私はすかさず手錠を掛けた。囚人は堀部の腕を振りほどこうとして上体を左右に振ったが、すぐに諦めた。その真正面に教誨師が回りこんだ。

「まあ、落着きなさい」

渋い声で、教誨師がそうくり返した。桐の箱の蓋が開けられて、きちんと畳まれた白装束と帯が取り出された。

「自分で着るか？」と主任が訊いた。

囚人は黙ってそれを睨んでいたが、やがて後ずさりを始めた。想定内の動きだった。堀部が相手の両肩を押さえ、その間に私が手錠を外し、囚人服を脱がせてやった。下着は昨夜替えたばかりで汚れがなかった。運動不足のせいで、脚の筋肉の衰えが目立った。

ついで私は、相手の腕を片方ずつ折り曲げて白装束の袖を通した。仕上げにきっちりと帯を締め、それからまた手錠を掛けた。その間、教誨師はずっと囚人の正面に佇み、何やら呪文のような言葉をぶつくさ唱えていた。眠気を誘われる声だった。

雨が一段と強まり、遠雷が感知された。雲は厚くなり、その流れが速まった。

所長のいつもの合図で、全員が揃って独居房を後にした。先頭は所長、ついで教誨師に付き添われた囚人、囚人を両脇から固める私と堀部、その後ろからは主任と係官がつづいた。入れ違いに別の同僚が、空になった監房を掃除するために入って行った。関係者は鉄の階段を慎重に降り始めた。不規則な足音が天井まで届き、屋根を叩く雨の音と混ざり合って大袈裟に響いた。別の独居房から軽い咳こみが聞こえ、それは全員が通路に達するまで止まらなかった。鉄格子の扉の前に何人かの看守たちが整列し、畏《かしこ》まった態度を繕い、その囚人を軸にする行列を見送った。

外へ出ると、雨の降り方が想像以上だとわかった。遠くの木立も、近くの土手や建物も、すべてが雨に煙っていた。主任は傘を開いて囚人の頭上に掲げた。ほかの者たちはずぶ濡れになるしかなかった。掃き清められて、白砂が平らに均《なら》されていた。処刑室につづく道は、大粒の雨のせいで波打っていた。その道を交互に挟む、植えたばかりのヒマラヤスギの若木からは、黄緑がかった滴が絶え間なく垂れ落ちていた。スズメの群れが元気いっぱいに飛び回っていた。

私は囚人の左腕をしっかりと押さえこんで歩を進めた。白装束を通して、硬い骨や体温や脈拍や息遣いが伝わってきた。これまでにはなかった発見に、生身である相手がより強く実感された。

雨中の行進は乱れることなく先へと進んだ。この雨さえなければ、これまで一番の進捗ではないかと、そう思えた。とはいえ、以前の場合は囚人が病弱で、すでにして死んだも同然のありさまだったのだ。

ところが、穏やかに進んだのはそこまでだった。道の中程に差し掛かったとき、厭な展開になった。囚人は突如として暴れ出し、渾身の力を絞って腕を振り解こうとしたのだ。そして、その反抗が無駄だとわかるや、今度はがっくりと首を落とし、膝を地面に着けて行進を妨げた。ついで、ほとんど聞き取れない声で、何事かくり返し呟いた。滑らかだった移動がすっかり乱れたものの、当人以外は誰ひとりとしてうろたえなかった。私と堀部は互いの顔を見合わせて呼吸を揃え、一挙に囚人を引き起こした。

「さあ、落ち着いて」教誨師が言った。「気を確かに持って」

囚人の全身から力が抜け、その分足元がふらつき、彼の全体重が私と堀部にのしかかってきた。まだ生きているのに死体のように重く感じられた。

皆の体から滴が垂れた。私は頭を強く振って、帽子の雨を払った。その職務をやり遂げるには無表情を保つが一手だった。

行進が再開された。やっと道が終わって、処刑室がある円形の建物に辿り着いた。屋根の尖端が反り返り、白と黒、それに金色を少し用いた、らしからぬ雰囲気を醸していた。入口のかたわらには、丹念に磨き上げられた大理石の慰霊碑があった。しかし、文字は刻まれておらず、形状も抽象的で、つまり、意味不明の代物ということだった。

石段を数歩上がった際、囚人は白装束の裾を踏んで、前のめりにどっと倒れこんだ。釣られて私と堀部も転んだ。主任が真っ先に囚人を起こした。怪我はなかった。堀部は汚れた制服を恨めしげに見つめ、声を出さずに何事か呟いた。私はというと、胸のうちで短い悪態をついた。

私たちは処刑室の前で隊列を組み直した。黒っぽい木目を活かした純白の厚い扉の大きな飾り鋲《じょう》の面が、全員を鮮やかに映し出していた。いつものように、所長はしばらくそのまま動かなかった。その勿体ぶった時間が何を意味するかについては知らなかったし、知りたくもなかった。

ほどなく所長が引き下がり、代わりに主任が前へ出て観音開きの扉を両手で押した。それはまったく音を立てずに、滑らかな動きで四枚に畳みこまれていった。

室内には白と黒の幕が張り巡らされ、中央には白い布で覆った霊壇が据えられていた。処刑の場はその向こうにあって、今は厚地の白いカーテンで仕切られていた。全員が入室したところで扉が閉められた。太い数本のロウソクが、些細な空気の動きに反応して炎を揺らし、そのたびに神器がきらめいた。波状に雨が流れる、天井の左右ふたつの円窓では、ときおり稲妻が走っていた。

私と堀部は、慣れた扱いで、囚人を霊壇のすぐ前にある椅子に座らせた。皆の体から垂れ落ちた滴が床に広がっていった。所長が咳払いをすると、誰かがそれに倣った。

「顔を上げなさい」と教誨師。

囚人は心持ち面を上げ、手近なところにあるロウソクに視線を固定した。教誨師は巨体をゆっくり回転させて霊壇に向かった。そして、手品師のように体のどこかから紫色の帯を取り出し、それに分厚い唇をべったりと押しつけてから、首に掲げて前に垂らした。

開いた聖書を片手に、彼はいつもの決まり文句を、渋い声を引っこめて、今度は女のようなか細い声で並べ立てた。すでにして私はその言葉の初めを暗記していた。

雨はまだ激しく屋根を叩いていた。ときおり閃く遠くの稲妻が天窓を照らすたびに、そして、雷鳴が届くたびに、異様な室内の、異様な雰囲気が際立った。

教誨師の説教と祈りがだらだらとつづいた。同じような黒っぽいスーツ姿の係官たちは、扉を背にして肩に付いた水滴を掌で拭っていた。係官のひとりは、書類らしき代物が入っている、黒くて薄っぺらな鞄を大切そうに抱えていた。腕を後ろに組んでいる主任はなおさら肩幅が広く見えた。しゃくれた顎を突き出して、芝居気たっぷりに天井を睨む所長は、教誨師が発する言葉の区切りにいちいち大きく頷き、涙ぐんでは目頭をそっと押さえた。堀部は直立不動で、私は素焼きの花器に盛られた菊の花を見ていた。そうこうしているうちに、囚人の膝と膝のあいだで、手錠が触れ合って涼しげな音を立て始めた。

教誨師の声が心持ち弱まったことで、空々しい儀式の終わりを悟った。彼は光沢のある衣装をさっと翻したかと思うと、宙に十字を切り、アーメンを唱え、それからおもむろに囚人に向き直った。

神の下に召されてゆくのだから心を鎮めてという、そんなたぐいの埒もない救いの言葉を発した教誨師は、裏社会の連中が好みそうな分厚い指輪を嵌めた、ぽってりとした手を囚人の肩にそっと置いた。すると、手錠が触れ合う音が急に止まり、同時に、死刑囚の全筋肉に抵抗の電流が走った。私は反射的に押さえこみにかかり、勢い余って相手は前につんのめり、教誨師の足元に転がった。ほとんど同時に、そして意外に素早く、教誨師の重い体が飛び退いた。聖書が手から離れ、霊壇のロウソクを一本倒して床に落ちた。所長がロウソクを踏みつけて火を消した。堀部が警棒を大きく振りかぶり、主任がその腕をつかんで制止した。

四人は床に溜まった滴の上を、ただでたらめに這いずり回った。だが、やがて自分の膝で白装束の裾を踏み、横倒しになったままその場にうずくまった。

私は囚人の手錠をつかんで立ち上がらせ、堀部といっしょに抱えこみ、ずるずると引きずって元の椅子に戻した。せっかくの白装束が汚れたことで惨めさがさらに増した。床は擦られたところから早く乾いていった。なんとか平静さを取り戻した教誨師は、なんだか女性的な笑みを口元に湛え、その身のこなしときたら黒いアゲハ蝶を想わせた。

教誨師はまた性懲りもなく、ほかの場所以外で使えないような、白々しい文句を唱え始め、その復唱を囚人に求めた。しかし、囚人は顔面を強張らせることによって拒絶の意思表示をした。募る恐怖から少しでも逃れようと、視線を固定できる何かを求めて、眼球を左右に振った。教誨師は構わず先をつづけ、すぐにそれを終えた。

教誨師たる神父は、何かのなめし皮で作られた黒い表紙の聖書を、囚人の眼前にそっと差し出しながら、その上に手を預け、アーメンを唱えることを勧めた。堀部が人差し指と中指を使って手錠の鎖に引っ掛け、聖書の位置まで持ち上げてやった。そんな気の利いた真似をする刑務官は彼を置いていなかった。言葉の終わりにアーメンを唱えてから、「さあ」と言って囚人を促した。囚人はしばらくのあいだ黙しており、やがてそれを呟いた。口中が乾いているために声にならなかった。

そのとき、聖書の表紙がきゅっと音を立てたかと思うと、囚人の手が膝に滑り落ちた。手錠がまたもや涼しげな音を発した。あたかもそれが合図でもあるかのように、所長が前に出て教誨師が身を引いた。

「言い残すことはないか？」所長が型通りの質問を浴びせた。「なんでもいい」

囚人が答えなかったのは、もはやいかなる言葉も耳に入っていなかったからだ。

「吸うか？」

　そう所長が言って、菊の紋の入ったタバコを差し出した。囚人は目だけで所長の手を追い、少しためらってから、両手を伸ばしてそれを受け取った。深く口にくわえたのに湿らなかったのは、唾液が干上がっていたせいだ。主任がかたわらの燭台をつかみ取り、火を点けてやった。囚人はせわしげに煙を吸いこみ、激しくむせた。灰がぱらぱらと床に落ちた。

「もう一本どうだ？」と所長。

　そうしたお馴染みの言葉は、精いっぱいの慈愛の顕れのつもりのようだった。普通はそこで断るのに、今回の死刑囚はまだ半分残っているタバコを捨て、新しいやつを唇の端に引っ掛けた。

　主任がまたロウソクを近づけた。だが、今度は吸いこまなかったので、先端が黒く焦げただけで、すぐに火が消えた。「もういいな」と所長が言い、主任と私と堀部の三者にいつもの合図を送った。私は部屋を仕切っている白いカーテンを開けた。

処刑室はほの暗く、天井の一番高い所に裸電球が輝いていた。そのすぐ脇には、銀メッキが施された鉄の輪と、その輪からは結ばれた白いロープが垂れ、先端は輪になっていた。それが唯一の道具だった。私と堀部は左右から囚人の腕をつかんでその真下に誘導した。主任がカーテンを閉めた。

囚人はほとんど自力で歩けず、引っ張られるままに足を引きずって前進した。そして定位置に達するや、急に顔を上げ、すぐそこにぶら下がっているロープの輪を凝視した。掠れた声で何やら訳の分からない言葉を飛ばした。甲高くて糸のように細い声が、狭い室内いっぱいに反響した。

手早く進めることが肝心だった。相手に考える隙を与えてはならなかった。私は、汚物と恐怖心のための黒い頭巾を囚人の頭から被せ、顎のところまで引き下げて紐を締めた。その刹那、囚人の動きと叫びが中断された。すかさず堀部が足元にしゃがんで、蹴られないようできるだけ顔を遠ざけながら、留め金付きの柔らかい紐で両足首を括った。

途端に囚人は両足で跳ねたかと思うと、頭を強く振って絶叫した。大声で、しかも幾度か同じ言葉をくり返したために、内容が鮮明に聞き取れた。それは誰かの名前だった。ひとりの名を数回連続で叫ぶと、今度は別の名前を口走り、そうやって大勢の名を呼んだ。そして最後に、囚人と同じ姓の女の名前を言った。なぜ姓と名をいっしょにして呼ぶのか、その理由については不明だった。

それだけならまだしも、しかも彼は、直後に別の言葉を吐いたのだ。私たちに対する軽蔑と憎悪が込められていることは確かだった。

「きさまら人間か！」と怒鳴った。「ほかにいくらでも仕事があるってのに！」

自分のことは棚に上げて、そうまくし立てたのだ。

私は焦りを感じてたじたじとなった。堀部も同様だった。私は天井の滑車から垂らされているロープの輪を大急ぎで引きずり下ろし、相手の首に掛けた。

ほかの関係者が後退するのを見定めてから、私と堀部はすぐそばにある衝立の向こうに素早く回りこんで、罪悪感を分散させるためのふたつのレバーを、同時に引いた。

囚人の足元の踏み板が瞬時に開き、そこにいた者が消滅した。ややあって私は床穴を覗きこんだ。宙吊りになって揺れる頭と、時間を計り、その後生死を確認するための係官の頭が微かに見えた。

天と地を結ぶ、ぴんと張り詰めた直線が、大時計の振り子のごとくゆっくりと揺れて、作為的に過ぎる死の時を刻んだ。その揺れに合わせて銀色の滑車がギシギシと鳴った。油が切れていると思った。

随分と長く感じる、手持無沙汰の時間が流れた。踏み板が開いたとき、調子を合わせるようにしてかなり強い稲妻が光った。そのことを思い出しているうちに、死の間際にぶつけられた言葉が甦ってきた。

いかなる体型の囚人でも医学的に耐えられないことで定められた、規定の時間が去った。ブザーによるその報せを受けて弛められたロープがだらんと垂れたかと思うと、たちまち穴の底へ吸いこまれた。私の役目は終わった。あとはもう地下室に待機していた連中の仕事だった。

人数をひとり減らした集団が処刑室を後にした。いつも通り、誰の足取りもぎくしゃくして、息遣いが限界まで潜められていた。それに気づいたところでどうしようもなかった。

いつしか雨が上がって、雲が切れ切れに吹き飛ばされ、空は夏色の青を取り戻しつつあった。

蟬時雨が復活した。ときどき思い出したように吹きつけてくる風がヒマラヤスギの梢を揺らし、滴《しずく》をばらばらと落とした。

私と堀部の前を、所長と教誨師が肩を並べて歩を進めていた。

「まあ、こんなところかな」と堀部。

「まずまずだ」と私。

しかし、今回は心の回復に手間取りそうだった。そんな予感が頻《しき》りだった。

夏の太陽が戻ってきた。

控室ではスーツを纏った中川が待っていた。

「ご苦労さまです」と言う口調は明るく軽やかだった。

「なんだ、その恰好は？」と私。

「結婚式か？」と堀部。

私たちが脱ぎ捨てた白手袋を一瞥してから、中川がすぐに目を逸らした。

「辞職します」

「辞職って？」

「ここを辞めます」

「辞めろって誰かに言われたのか？」

「いえ、誰にも言われません」

「なら、どうして？」

「自分で決めたんです」

私は堀部の視線に戸惑い、タバコをくわえた。

「すみません」中川は頭をぺこりと下げた。「やっぱりぼくには……」

「無理なもんは無理だわなあ」と堀部。

「よりによってこんな仕事に就く理由なんてないもの」と私。

「次の仕事は決めたのか?」と堀部。

「一度田舎へ帰ってからじっくりと考えます」

「ああ、それがいい」と私。

「まさか今度は警官になるんじゃないだろうな」堀部はそう言って皮肉な笑みを浮かべた。「それとも首を吊られる側に回るのかな」

「何もきょう辞めなくたって」と私。

「落着いたところで手紙を書きます」と中川。

「書かなくてもいいよ」と堀部が言った。「ここのことはすぐに忘れろ」

「お世話になりました」

「一度くらいは体験してもらいたかったよ」堀部が言った。「人生観ががらっと変わるぞ」

しばらくの沈黙の後、中川はこんなことを言った。

「それは病み付きになるってことでしょうか」

「おれたちを馬鹿にしてんのか？」と堀部。

「よせよ」と私。

「お元気で」

「餞別も渡さんと」

中川は風のように去り、私と堀部は取り残された印象に閉じこめられていた。

遠のいてゆく中川の足音は正常そのもので、一点の非の打ちどころもなかった。足を引きずりながら控室をうろうろしていた私と堀部は、しばらくの後、ソファに座って黙りこくった。

「あいつの顔を見たか？」と堀部。

「うん？」と私。

「おれたちを見たときの顔つきだよ」

「それがどうかしたか？」

「町中で蛇に出くわしたって顔だぜ、あれは」

「そうかあ？」

「なんだか腹が立つな、今時の若いもんには」

「あんなもんだって」

「ふざけた野郎だ」

そう言って堀部は窓のカーテンをさっと引いた。

「あいつはまともだよ」

「おれたちはまともじゃねえってか」

「まともだって言い切れるのか？」

傾き始めた太陽が部屋の奥まで照りつけてきた。

五

翌日の特別休暇、私はふたりの子どもと妻を連れて、近くの海へ出かけた。高い砂丘を登ると海の広がりが迫り、沖からの強い熱風に晒された。灼けた白砂が海岸線までなだらかにつづいていた。急斜面を子どもたちが大騒ぎしながら滑り降りて行った。波音がその歓声をかき消した。

「高い波ね」と妻。

「こんなもんさ」と私。

「危なくない？」

「泳がせるときはもっと静かな浜にするよ」

昼飯を詰めたバスケットを妻から受け取った私は、いっしょに子どもたちの方へと砂丘を下って行った。近づくと、波は見た目より大きかった。兄弟は波の引き際を見計らいながら貝殻やヒトデを拾った。

私たち家族は、脱いだ履物を手にして、裸足のまま汀《みぎわ》を散策した。砂を滑ってきた波は四人の膝を洗い、素早く引いた。白く泡立った海水が足の裏をくすぐる際、どこまでも深く沈んでしまうような錯覚が楽しめた。

そこから少し歩いて、周囲が岩に囲まれた、池のようにちっぽけな入り江に出た。遠浅で、海水が透き通り、外海の荒いうねりの影響をまったく受けていなかった。

妻は岩陰に赤と白の縞のパラソルを広げ、砂の上にブルーシートを敷き、バスケットからサンドイッチやジュースを出して並べた。それは彼女が憧れている暮らしのひとつだった。

飲み食いしたあと、私は下着一枚の子どもたちといっしょに海へ入った。膝より深いところの砂はひんやりと冷たかった。水掛けっこをして遊ぶ夫と子を見た妻が混じりけのない笑声を放った。潜ると、私たちの影が波にゆらゆらと揺れ、その都度小アジの群れが散った。

さらに深く潜ると、だしぬけにどうでもいい記憶の断片が甦った。それは同僚たちの溜まり場になっている居酒屋で交わした会話だった。

かなり酔いが回った頃、堀部がこんなことを言ったのだ。刑務官と囚人は互いに軽蔑し合う関係によって成り立っている、と。

しばらくの後、私はこう言った。

「それなら訊くけど、一般人がおれたちを尊敬しているとでも思ってんのか？」

そうかと思うと、別なやり取りが思い出された。

「動物としてならあいつらのほうがまともかもしれんぞ」と堀部。

すかさず私は言い返した。

「人としてならおれたちのほうがまともってことか？」

「……それはどうだかな……」

泳ぎ疲れた私は、平たい岩の上に腹這いになって背中を日に焼いた。子どもたちは浜へ戻って砂遊びに熱中していた。

それから私は妻のところへ戻り、クーラーボックスから取り出したビールを飲んだ。

「いい場所ね」と妻。

「おれたち専用の遊び場さ」

「胎教にもいい環境よ」

「まったく」

しばしの沈黙の後、妻がだしぬけに言った。

「中川さん辞めたんだって?」

「誰から聞いた?」

「狭い世界なんだもん」

「独居房より狭いんだな」

「どうして辞めたの？」と妻。

「見当つくだろう、そんなことくらい」

そう言って私は、空っぽのビール瓶を砂にうずめて灰皿を作った。妻がタバコに火を点けてくれた。

「子どもたちがもっと育ったとき、どう思うかしら？」

「おれの仕事のことか？」

「悩まないかしらねえ」

「おまえはどうなんだ、悩んでいるのか？」

「今ではちっとも」

「子どもたちも同じだって」

「どういうこと？」

「時間が解決するさ。自分のなかでいずれ答えが出るってことだ」

「……そうね……」

「……そうさ……」

ちょっとした高さの波を受けて、子どもたちの築いた砂山が崩れた。

「あっ」

妻が小さく叫んだ。

「どうした？」

「赤ちゃんがおなかを蹴っただけ」

「凄いよな、命って」

「ほんとに」

妻の夢見るような視線が、水平線近くを走る白い船に注がれていた。私の眼差しはまばゆい天空の一角に向けられていた。子どもたちの無邪気な声が大気中に散乱していた。

「何、そのため息？」と妻。

「……ただの深呼吸だろ」と私。

「そうなの？」

「幸せのため息ってやつじゃないの……」

沖合に群れる漁船がいっせいに汽笛を鳴らし合って、乱獲防止のために設けられた終業の時間を確認し合った。それに驚いた海鳥が波間から飛び立ち、旋回しながら飛翔し、夏空の奥へと吸いこまれていった。

妻が大声で子どもたちを呼んだ。まだまだ幼い兄弟が足を砂だらけにして駆けてきた。私は新しいビールの栓を抜いた。

新編 河

夕闇迫る頃、崖っぷちまでおずおずと進み出た私は、蛇行して音もなく流れる大河を、そっと覗きこむ。手摺りも柵も付いていないそこからの眺めは、相変わらず軽い眩暈を伴ってはいても、もはや初めて訪れた三日前の畏怖は感じられない。優に五十メートルはあると思われる落差にもいくらか慣れ、見下ろしただけで足がすくんでしまうほどではない。

ついで私はゆっくりと体を一回転させ、黄昏の全景を注意深く見渡す。しかし、新たな発見はもうどこにもない。在るべき山が在るべき位置にきちんと収まり返り、それ以上でもそれ以下でもない。なだらかでなんの変哲もない稜線が、大海のうねりのごとく果てしなく連なり、その隙間を埋めているのは、無数の渓谷と細流だ。どの谷も、結局はこの幅の広い河にどこかで繋がっていて、ために、地形そのものはさほどの複雑さを呈していない。

河を両側から挟みこんでいる高い崖のあちこちにある、見るからに日当たりがよさそうな平坦な土地に人家が点在していた。そこではおそらく、放縦な植物群に圧倒された地元民が、やりきれないまでに規則正しい営みをくり返しているはずだ。さりとてそれは、こうした山国においてはどこでも見られる、うんざりするほどありふれた眺めであって、注視に値する光景などではない。

リハビリと気晴らしの散歩を兼ねてここまで歩いてきた私は、きのうと同じ場所で同じ椅子にどっかりと腰を下ろし、注文を訊きにくる老婆をのんびりと待っている。空腹には違いなくても急いてはいない。調理場になっているバラック小屋へ大声を浴びせかけるような無粋な真似はしない。そうする必要などさらさらなく、時間なら腐るほど持ち合せている。

客は私ひとりだ。河へ向かってあたかも半島のごとく迫《せ》り出している、この細長くて硬質な岩盤は、表面が野生の芝に覆われている。そのところどころに、肉汁の脂が滲みこみ、焦げ跡でいっぱいのテーブルがずらりと並んでいる。背もたれのない椅子から椅子へ飛び移って、長めの尾羽を上下に打ち振り、どこか金属的な響きのさえずりをばら撒いているのは、ハクセキレイだ。河面《かわも》と崖のてっぺんまでを目にも止まらぬ速さで行き来しているイワツバメは、どれも空中での捕食に精を出している。

そこかしこでヒグラシが鳴いている。日没を間近に控え、もしくは、生の終息でも感知したのか、波形が識別できそうなほど透徹した声は、一段と活発になってきている。風はそよとも吹かない。だが、さほど蒸し暑くはない。いつになく凌ぎ易い晩になることだろう。蚊の羽音もしなければ、ブヨの気配もない。この空間に限るならば、早くも夏が去りつつあるのかもしれない。明朝には秋が始まっているのだろうか。

浴衣一枚では肌寒いくらいだが、羊の肉とビールが夜気から守ってくれるはずだ。私に浴衣を貸してくれた総合病院が、ここからもよく見て取れる。田舎町にしては立派に過ぎるその白っぽい建物は真正面の山腹に在り、三方を深い木立に囲まれている。それは今、壁面を赤々と夕日に染められて、窓という窓が強烈な反射光を放っている。

私が今こうしてここに生きているのは、ひとえに運がよかったからだ。現場のすぐ近くに充分な設備を整えた病院があって、ものの三十分と経たぬうちに救急車が駆けつけてきたのは、まさに不幸中の幸いだった。事故を招いた急カーブが、ここからもよく見えている。河に沿ってつづく県道が土手の向こう側に隠れる手前、そこがそうだ。もしガードレールがなかったら、私たち一家は間違いなくクルマごと河へ転落し、新聞記事の扱いはもっと派手なものになっていたことだろう。

ありふれたその事故が地方紙の片隅に載ったのは、ただ単に、まったくの偶然で珍しい写真が撮れたからにすぎない。ガードレールに乗り上げた乗用車がシーソーさながらに揺れているところへ、たまたま新聞記者が通りかかったからだ。それには、外へ引きずり出されようとしている私の姿も鮮明に写っていた。頭部を支えているのは妻で、手足をつかんでいるのはその場に居合わせた見知らぬ男たちだ。居眠り運転防止のキャンペーンにはもってこいのアングルであろう。中流家庭のレジャーの惨めったらしい結末も、実に上手く表現されている。

だが私の頭には、実際のところ当時の記憶がかけらも残っていないのだ。その瞬間とその前後が完全に抜け落ちている。夏の休暇を会社の海の保養所で過ごし、その帰りに近道をしようとこの県道を利用したことまでは覚えている。そして、昼下がりにここを通過したこともしかとわかっている。とはいえ、そこまでだ。気づいたときにはベッドの上で、全身が激痛に覆われ、いやに白い天井が見え、窓越しに土砂降りの雨が見え、河の音が聞こえた。そんな私を覗きこんでいたのは妻と子どもたちだった。怪我を負ったのは私のみで、かれらはほんの掠り傷で済んだという。それというのも、クルマがガードレールに突っ込む直前に、思いきり手足を伸ばしたことが功を奏したからだ。それはもうずっと以前に、半ば冗談で私が教えた方法だった。妻の言い方を借りれば、「まるで一家心中でもするかのような勢い」だそうで、まっしぐらに突っこんで行ったのだとか。地元の警官の見解では居眠り運転に間違いなく、それが証拠に、路面のどこにもブレーキ痕が認められなかったという。

あのとき、私は確かに疲れていた。それは認める。

一週間ものあいだ太陽と海に挟まれて、休養どころか、却ってくたびれるばかりだった。会社で働いていたほうがまだ楽だったろう。日焼けした背中がひりひりして、夜もろくに眠れなかった。そんな私が居眠り運転をしたとしても不思議はなかった。

それにしても妻の活躍は大したものだった。彼女はまず助手席から後部座席へと移って、車体の傾斜が河の方へ傾かないようにし、泣きわめいて外へ飛び出そうとする子どもたちをなだめ、それから窓の外へ頭を突き出し、通りかかったトラックの運転手に助けを求めた。

クルマはその日のうちにレッカー車によって運び去られた。今頃はぺしゃんこに押し潰されてスクラップと化し、それを専門に扱う業者の手に渡っていることだろう。さもなければ、まだ警察署に保管されているのだろうか。いずれにせよ、修理してまで乗る代物ではない。どうせ廃車寸前だったのだ。次のクルマを購入するにはまたとない機会だ。今となってはそうとでも考えるしかない。

妻子はすでにして自宅へ戻っている。そろそろ新学期が始まるからだ。こんなところで怪我人といっしょに夏休みの残りを過ごすわけにはゆかない。私としては、休暇がいくらか長引いたと思うしかない。

そのとき、バラック小屋の障子戸が開いて、老婆がぬっと現れる。高齢とは思えぬ素早い身のこなしでテーブルのあいだを巧みに縫いながら、こっちへやってくる。姉妹だという、もうひとりの老婆は下拵えに忙しく、狭い調理場をせわしなく歩き回っている。〈元祖ジンギスカン〉と書かれた紅白の小さな提灯が、いっせいに光を放つ。崖の縁に沿って並んでいる桜の一本一本に吊るされたそれには、色着きの電球が仕込まれている。しかし、まだ太陽が沈んでおらず、河面が黄金色に輝いているせいで、提灯の効果はさほど目立たない。

身を直角に折りかがめて迫ってきた老婆は、注文をとる前に、こう尋ねる。

「痛いところはもうないかね？」

この界隈で暮らす住民の誰もが、すでにしてあの事故の件を知っている。

「おかげですっかり治りましたよ」と私は答える。

気分は上々だ。一日経過するごとに、午睡から目覚めるたびに、回復が自覚できる。もはや、手にも足にも、そして骨のどこにも痛みは残っていない。体調としては、むしろ以前より良くなっている。どこまでも歩くことが可能だ。

「そりゃよかった、よかった」老婆は入れ歯をがたがたいわせて笑う。「この先何十年も痛い思いをするくらいなら、死んじまったほうがましだわなあ」

私は二人前の食用専門の羊の生肉と、まだ畑にあるうちに塩を掛けて作るというキャベツの漬物、それに生ビールを頼む。全体として病院に不満はなくても、食事だけはいただけない。栄養の点では充分なのだろうが、しかし味付けが悪くて、とても食べられたものではない。だから、抜け出してこの店へくる入院患者が大勢いるのだ。とはいえ、かれらがやってくるのは、もっと遅い時間帯だ。

小屋の方へ戻り掛けた老婆を呼び止めて、鯉の塩焼きを追加注文する。きのう、地元民がそれを食べているのを見かけたとき、いかにも美味そうに思えたからだ。笹の葉をびっしりと敷き詰めた大皿の上に、背開きにされてこんがりと焼かれた鯉がまるごと一匹載せられていた。老婆は振り返り、時間が掛かるがそれでもいいかと念を押す。夜が明けるまでに食べられたらそれで充分だと、そんな冗談を飛ばしたところで、笑ってくれる者はいない。

今宵は独りで開く全快祝いだから、特別の料理が出されてもおかしくはない。老婆はまず、生ビールとキャベツの一夜漬けを運んでくる。ついで、炭火を盛り上げた七輪を持ってきて、テーブルの真ん中に開けられた穴に押しこみ、金網を置く。二人前の肉はさすがに多過ぎたかもしれない。老婆はさっきとまったく同じ言葉を吐き、つまり、この先ずっと痛みが尾を引くのならば死んだほうがましではないかと、そう呟いて、のろくさした足取りで立ち去る。

柔らかくて、ほんのりと甘味さえ感じられるキャベツを口いっぱいに頬張ってから、生ビールをぐっと呷《あお》る。それをくり返しながら、沈みかけている太陽へ顔を向け、夕焼けの美しさに胸のうちで幾度も感嘆の声を上げる。酔いが体の隅々まで行き渡って、思わず甦生のため息が漏れる。傷口はもうすっかり塞がったから、少量の酒なら飲んでもいいと担当医が言った。そんな忠告なんてくそ食らえだ。私は生還したのだ。

満ち足りた気分がどっと押し寄せ、私はたちまち浮かれてしまう。まさに生きているという自覚に満たされてゆく。単に命拾いしたことによる喜悦ではない。あたかも別人に変わったかのような、たとえば足元の草一本一本にも感銘を覚えてしまうような、そんな心地だ。存在のすべてに何かしら重大な意味が込められていると実感されてならない。事故前にはなかったことだ。頭をハンドルにぶつけたからだろうか。だが、脳波にこれといった異常は認められないという。もちろん頭痛もなければ、吐き気も感じられない。むしろ、脳全体がすっきりとした印象が強い。

こうした落着きはどこからくるのだろうか。クルマは失ったし、昇給やボーナスのみならず、出世にも響くほど会社を休んでしまった。いいことなどひとつもないはずなのに、この根拠なき余裕はいったいどこからくるのだろうか。これまでのように、のべつ重苦しい何かが脳裡を占めていて、くよくよすると いったことが見事なまでに滅したのはなぜだろうか。この生々《せいせい》の気は私のどこから滲み出ているのだろうか。一時的なものにすぎないのだろうか。来週の月曜日からはまたあくせくと働く日々が始まり、どうでもいい些細なことでくよくよし、時間ばかりが物凄い勢いで流れてゆく、そんな日々が舞い戻ってくるのだ。そして、腑に落ちないことだらけの暮らしにしがみつく。

だがしかし、少なくとも今の私は違う。目路《めじ》もはるかに延々とつづく連山の真っただ中に身を置いているこの一介の勤め人は今、おのれ自身をも含めて、周辺に満ちる物象のすべてを肯定している。失神状態から抜け出して事故を悟り、妻子が安堵のため息を漏らして帰宅し、軽い捻挫と縫わなくてもいい切り傷と二箇所の骨折が完治したときに、私はその好ましい内的変化に気がついた。揺るぎないおのれの頼もしい存在が、鮮明に自覚できた。

七輪の炭は赤々と輝き、十年でも使えそうな頑丈な金網もまた同じ色に染まっている。ピンク色の血にうっすらと包まれた羊の新鮮な肉は、上質の脂を滴らせ、小気味のいい音を立てながら、どんどん焼き上がってゆく。それら全部が私のものだという、子ども染みた自覚が野放しにされている。擦り下ろしたニンニクとタマネギ入りの浸け垂れも、ジョッキに汗をかかせている生ビールも、地元でしか味わえない最上の漬物も、私のものだ。そして、分け隔てなく広がっている夕闇も、急斜面にへばり付いている村落も、どこまでも緩やかに流れている河も、すべてが私のものだ。

薄くもなく厚くもなく、均一に削がれた肉片は、炭火に焙られて余分な脂を燃やし、その白い煙は茄子紺《なすこん》の空へと真っすぐに立ち昇ってゆく。太い箸を使ってそれを手早くひっくり返しながら、次々に口へ運ぶ。肉と生ビールのくり返しがひとしきりつづくあいだに、私はおのれ自身に乾杯する。超回復が為されたかもしれぬ肉体と、かなり強引な肯定の精神と、幸運に恵まれた事実にも乾杯する。小屋の調理場で、ふたりの老婆によって背開きにされて串刺しにされ、こんがりと焼かれている鯉にも乾杯し、さらには、現在の私を包みこんでいるみずみずしいあらゆる物象にも、心の底から祝福を込めて乾杯し、きんきんに冷やされたビールをぐいぐいと呷る。

この店で提供される鯉は養殖物などではなく、眼前を流れる河で生まれて育った天然物だという。おそらく商売用の法螺話のたぐいではないだろう。現に、崖の下では和船が幾艘もくり出されており、淀みのそこかしこでは投網の花がぱっと咲いている。その程度の漁法では、人の手に落ちる鯉の数は高が知れている。いくら獲っても魚影が薄まることはまずないだろう。むしろ増える一方なのかもしれない。つまり、私が眺めているのはまさに豊饒の河そのものなのだ。この星はまだまだ棄てたものではない。

瞬時にして日没を迎える。

光と闇の荘厳無比なる鬩《せめ》ぎ合いは、見とれる隙も与えずに終了し、次の一瞬にはすでにして夜の帳《とばり》が下りている。併せて、イワツバメの声が途絶え、ハクセキレイの姿も失せて、草むらという草むらに身を潜めて長いこと夜の到来を待ち設けていた中たちの声が、一段と幅を利かせる。

相変わらず無風状態がつづいている。紅白の提灯も、それを吊るしてある木も、まったく揺れていない。オレンジ色の光を放っているのは、人家と、県道を走るクルマだ。昼の気配は一挙に過去へと追いやられてしまった。ほどなく太陽に代わって、東の空に満月がゆるゆると差し昇る。どこまでも淡く、切実さとはおよそ無縁な、その神秘的な光源体は、隈なく地上を覆って陶酔の眺めをもたらす。崖の下では、月と水との結合がそこかしこに認められる。ひんやりとした夜気が、音もなく崖に沿って上昇し、私やテーブルの間を擦り抜けてゆく。だが、肉やビールや炭火には対抗できず、ために、浴衣一枚でもまだ暑いくらいだ。

私は不必要なまでに大声を張り上げて老婆を呼び、お代わりの生ビールを所望する。早くも酔いが回ってきたのかもしれない。新しいジョッキを手にしたちょうどそのとき、駐車場に一台の乗用車がするすると入ってくる。しかし私はそれを一瞥しただけで、あとはビールに専念する。二杯目だというのに、味は最初のひと口とほとんど変わっていない。これまでに幾度となく飲んできたとは思えぬ美味さだ。

口の周りに付いた泡を浴衣の袖で拭って顔を上げたとき、思わず息を飲む。驚かずにはいられない。駐車場に滑りこんできたのは、なんと私のクルマではないか。形といい、色といい、フォグランプの位置といい、何もかもがあのおんぼろの中古車にそっくりだ。ガードレールを突き破って、危険極まりないシーソー遊びをしたクルマが、無疵《むきず》のまますぐそこに在る。さらに仰天したのは、降り立った男女が、私と私の妻にそっくりで、瓜ふたつに見えたことだ。

ジョッキは私の山の前で止まったまま、いつまでも動かない。そのふたりはドアを荒々しく閉めるや、早口に何事かまくしたてながら、こっちへ向かってやってくる。とりわけ男のほうは、声といい、口調といい、私にそっくりだ。もちろんかれらは私でもなければ、私の妻でもない。ふたりが近づくにつれてそのことが鮮明になる。そして、提灯の真下を通った際には、似ても似つかぬ赤の他人だということがわかる。私たちがそんなに若かったのは、もう数十年も前のことだ。クルマにしても、よくよく見ると違っている。闇のせいで似ているように思えたものの、実際には安月給ではとても手が出ない、ドイツ製の高級車だ。

両人は激しく罵り合っている。そのくせ目だけは、どのテーブルにしようかとせわしなく動いている。やがてかれらは、河に向かって大きく枝を張ったカエデの下で足を止め、そこのテーブルに着く。そして私に気づくと、途端に口をつぐんでしまう。

夫婦に違いない。恋人同士の口のきき方ではない。また、地元の人間でないことくらいは、身なりと物腰でわかる。何よりもナンバープレートがそれを示している。女は手にしていたラメ入りの、服と同じ布地で作られたハンドバッグを空いている椅子に預け、その上からつば広の帽子を被せる。男は見るからに高級な麻の上着を脱いで、隣の椅子の面を指で擦ってから置く。

かれらが注文したのは、肉と生ビール、それにコーラだ。束の間の沈黙の後、ふたりはまたほとんど同時に口を開く。今度は私の耳を充分に意識しており、無難な話題に変更する。罵り合いは一時お預けだ。女は河面の月をさかんに褒め称え、男は羊の肉を食するのは学生時代以来だと言う。しかし、取ってつけたような会話の裏には、先ほどの口論の余韻がまだ尾を引きずり、語尾には刺々しい響きが感じられる。満月を大仰に褒めちぎる女の言葉の裏には、「それに比べてあなたは醜い」という当て擦りが含まれているのかもしれない。そして、久方ぶりに味わう庶民の料理には、独身時代の自由を懐かしむ意味が込められているのだろうか。

おそらく今の私の口元には残忍な笑みが浮かんでいることだろう。破局を迎えるかもしれない、この若い夫婦の登場は、必ずしも全快祝いの妨げになるほどではない。もはや私には、目を背けたり、聞こえない振りをしたりせねばならない、おぞましい限りの何かは皆無だ。私は新しい肉を金網に載せる。白煙が真っすぐに立ち昇り、食欲を刺激する香りのみを残して夜の奥へと拡散する。女は髪や服にその匂いが染みつくことを恐れて、しかめっ面をときどきこっちへ向ける。

男がだしぬけに芝居がかった口調で言う。

「ぼくたちはもっとよく話し合わなくっちゃ」

すかさず女がやりかえす。

「もうさんざん話したでしょ」

「まだまださ」

「勝手にそう思っていれば」

かくして両人は、長いことくり返していた罵り合いを蒸し返す。だが私の耳には、薄い緑色の羽に覆われた虫の鳴き声しか聞こえていない。存分にやり合うがいい。一向に埒が明かないやり取りを、互いにうんざりするまでくり返すがいい。かれらは空腹なのかもしれない。飲んだり食べたりした分だけ、腹に溜まっている薄汚い本音をすっかり吐き出してしまうがいい。女は金切り声を、男は胴間声を張り上げて、止《とど》めを刺すほどの致命的な言葉を、なりふり構わずに、互いに気が済むまで投げ合うがいい。

「じゃあ、どうすればいいんだよ」と男は押し殺した声で畳みこむ。唇の端が震えている。「すんなりと解決するような手立てがあったならぜひ教えてくれないか」「そんなものあるわけないでしょ」と女はふてぶてしい口調で言う。「もうよしましょう。おしまいってことよ、ただそれだけ」

女の声は美しい響きを有している。小さくて形のいい唇をほんの少し動かすだけで、透き通った音波があふれ出てくる。ひょっとすると崖の下まで届いておおり、葦のあいだを縫って進み、信じられないほど遠くまで達しているのかもしれない。相手の非を責める強い調子の言葉であるにもかかわらず、私の耳にはなぜか心地よい。ひと言発するたびに、彼女の体全体がえも言われぬ震動に包まれる。

ふたたび視線を炭火に転じた私は、箸と口を動かしつづける。不思議なのは際限なく食べられることだ。肉は脂っこく、垂れの味も濃いというのに、美味さが少しも減退しない。キャベツの漬物のせいだろうか。もしくは、ひと口飲むたびに茫然自失へといざなう力を具えた生ビールのためだろうか。それらすべては、遅くとも明日の朝までには確実にわが血となり肉となって、気分を一新させ、傷のかさぶたがぽろりと取れるまでに回復させせるだろう。

「九死に一生を得たとはまさにこのことだ」と口々に言ったのは、地元の警察官や医師たちだ。

ところが、当事者の私にはその自覚がまるでない。おそらく妻や子どもたちにはそれがあるはずだ。頭部に損傷を負わなかった三人は、その瞬間に目をつむったとはいえ、直前に何がどうなったのかをしかと見届けただろう。だしぬけに迫ってきたガードレールと、その向こう側に広がる光のみの空間と、その真下を流れる河の一部を見たに違いない。ついで、車体の底が立てる不快な音を聞いたことだろう。むろん、私だって同じものを見たり聞いたりしたに違いなくても、ただ記憶に残っていないだけだ。

ブレーキ痕がいっさい見あたらなかったということは、居眠り運転の何よりの証拠だ。しかし、仮にそうではなかったとすれば、ほかにどんな理由があるというのか。もしかすると、その刹那の私は人生をまるごと見限ろうとしたのかもしれない。おのれ自身と生活を脱出せんがための、どこまでも発作的で無責任な選択をしたのではないだろうか。そう考えられなくもない。

否、そんなはずはない。いまだかつて私は心底から絶望したためしがないのだ。程度の軽いものならば、一度や二度あっただろうが、しかし、所詮は絶望の真似事にすぎない。せいぜい失望が二つ三つ重なった程度だろう。さもなければ、事故を起こす寸前まで、のっぴきならぬ状況に追いこまれていたのか。カエデの下のテーブルに着いた若夫婦と同様、激しい剣幕で罵り合いをくり返していたのか。破局を差し招くほど険のある言葉を互いにぶつけ合っていたために、前方のカーブが目に入らなかったのか。そして、その記憶をも併せて失ったのか。もしそうだとすれば、私はますます運に恵まれた者となるのだが。

今やどこもかしこもが夜だ。

いかにも優しげな夜が、深い安らぎと底知れぬ恍惚を差し招き、そこいらじゅうに弛緩した空間をもたらしている。時の流れはこの河のごとくゆったりとして、昼のあいだ至る所に満ちていた埃っぽい活気を呑みこんでは濾過している。辺り一帯は闇と月光に包みこまれて、現実に伴う生々しさはもはやどこにも見いだせない。バラ色の羊の肉にも、また、若夫婦の会話にも、なぜかそれが感じられないのだ。

その男女は、さかんに肉をつつき、キャベツを頰張って、ビールやコーラを呷りながら、まったく理に適っていないやり取りをつづけている。結論が出される見込みはなく、ために破局が急速に進んでいる。双方共に凄い剣幕でやり合っている。それでもなお、このたぐい稀なる穏やかな夜をいささかも損ねてはいない。話の内容が、女の腹に宿った子どもをどうするかという、深刻な問題にまで及んでいるにもかかわらずだ。女は、家へ戻ったら早速始末すると言い放ち、男は、自分が引き取って育てるからと言い張っている。

二人前の肉をきれいに平らげてしまった私は、一匹まるごとの鯉の塩焼きが届くまでのあいだ、タバコをくゆらせながらぼんやりと河を見下ろしている。月の光は正確にさざ波を捉え、水草が繁茂する淀みを闇に浮かび上がらせている。そこかしこに発生する波紋は、おそらく巨鯉《きょごい》が作ったものだろう。あるいは、飛び跳ねて口いっぱいに羽虫を頬張った鱒かもしれず、あるいはまたその鱒は、酸欠の水に耐えかねて浮上を余儀なくされたのかもしれない。

河のところどころに見て取れる人工の光は、漁に励む小舟のものであるが、視角によっては水中に没したクルマのヘッドライトに見えなくもない。だがそれは、ガードレールを乗り越えて落下して一挙に沈んだ乗用車のものなどでは断じてない。たとえそうであったとしても、私のクルマではない。ハンドルを握った、肺いっぱいに水を吸ったドライバーも、私ではない。

それでもなお私は熱心に河を覗きこむ。いくら目を凝らしたところで、せいぜい前後二キロメートルほどの流れしか視野に納まらない。もっと上流を、もっと下流を見たくても、おのずと限界がある。折り重なる闇が邪魔をしているからだ。とはいえ、想像は可能だ。上流ではたぶん、木の枝や草の根のように細かく分かれた小さな流れが、谷のあちこちから注ぎこんでいるのだろう。もしくは、満々と水を湛えた巨大なダムが途中を遮っているのかもしれない。下流に思いを馳せることだって容易《たやす》い。平野を抜けてから海へ出る、ただそれだけのことに違いない。されど、この私が見る限り、この河は久遠《くおん》の流れを呈している。どこまでも果てしなくつづいて、けっして終わることのない河だ。

思いつく限りの悪態を並べた若夫婦は、今ではしっかりと口をつぐんでいる。男はインコのようにさかんに頭を傾げ、女はそんな夫に目もくれないで、キャベツの残りを箸でつつき回し、コーラをがぶ飲みしている。彼女の胎内に宿った命の種がそうさせているとはいえ、それはもう大した食欲だ。腹の出っ張り具合からして、彼女が主張してやまぬ〈始末〉とやらはもう無理だろう。産んでからどっちが引き取って育てるかを問題にすべきだろう。

そこへもうひとりの客がやってくる。クルマではなくて徒歩だったために気づくのがいささか遅れた。しかも錯覚していた。当初は複数だとばかり思いこんでいたのに、実際にはたったひとりだった。その男は今、調理場の小屋へ頭を突っこんで、老婆を相手に何事か大声で喋っている。野太くて荒々しい声が辺りに響き渡る。下卑た冗談でも飛ばしたのか、ふたりの老婆がげらげら笑っている。

そいつは大男だ。

こっちへ近づいてきたところで、初めてそれがわかる。身長もさることながら、肩幅が尋常ではない。話し方のほかにも服装や身のこなしで地元民だとわかる。おそらく、つい今し方、日没まで急斜面の狭い畑で働いていたのだろう。そしていつもの習慣により、帰宅する前にここへ立ち寄ったのだろう。丸首シャツが汗と土で汚れ、履き古された地下足袋も同様だ。

足元にさほど注意を払わないで崖っぷちまで進み出た大男は、ごついげんこつで筋肉の盛り上がった肩を叩き、ついで、谷間の空気を残らず吸い取ってしまいそうな大あくびをしてから、眼下の河面へ向かって長い放尿をする。おそらくその小便は落下の途中で霧状になり、上昇気流に溶けこんでいることだろう。でかい放屁が夜気を震わせる。

彼は取り立てて大仰な振舞いを演じているわけではない。にもかかわらず、途轍もなく長い顔と、長い胴体と、長い手足のせいで、一挙手一投足が粗野な印象を与える。河へと流れこんでいる小川の水で顔や腕や足を洗い、うがいをするといった、なんでもない行為すべてが、いちいち強烈な印象を与える。ときとして暴力的ですらある。

大男の登場は、若夫婦をいっぺんで沈黙させてしまう。両人は今、罵り合いを中断して、俯いている。目のやり場に困っている様子だ。もし大男が近くのテーブルを選んでいたならば、さっさと帰っていたことだろう。だが、私は平気だ。彼よりももっと大きな、よしんば電柱と肩を並べるほどの巨人がすぐ隣に陣取ったとしても、まったく動じなかっただろう。そして彼が私のビールを勝手に飲み、断りもなしに七輪の上の肉に手を出したとしても、気分を害したりしないだろう。むしろ、そんな彼を卑屈さ抜きで、大いに歓迎したことだろう。全快祝いに駆けつけてくれた友人として扱い、大盤振舞いをしたかもしれない。

そいつは右手前方のテーブルに着き、椅子をふたつ並べた上にどっかと腰を下ろす。真上に提灯が吊るされているために、額に刻まれた深い皺の一本一本まで識別できる。私は河の方へ顔を向け、彼は河に広過ぎる背中を向けている。土地っ子としては、河よりも、県道をクルマで通過するよそ者に関心があるのだろう。それにしては、なぜかこっちへぶしつけな視線を投げてこない。そうしているのは、むしろ私のほうだ。大男は私と若夫婦に気のない一瞥をくれたきり、二度と見ようとはしない。銅像か何かのようにどっしりと構えたまま、指一本動かさずに落着き払っている。よれよれのシャツの両側から体に沿って垂れている腕は、私の脚と同じくらいありそうだ。

闇を利用して、私は大男をつぶさに観察する。執拗な眼差しがどこに注がれているのか、相手にはわからないだろう。何しろこっちの近くには提灯がひとつもないのだから。

老婆が大男のテーブルの穴に七輪を嵌めこみ、その脇にキャベツの漬物を山盛りにした大皿を置く。それから小屋へ取って返して、肉やら浸け垂れやらを運んでくる。そこまではほかの接客と変わりなくても、飲み物が違っている。生ビールではなく、焼酎が一升壜のまま出される。駐車場を横切ってここへくるとき、せせらぎに浸されているその壜を目にしていた。つまり、常連客の扱いということだ。

大男は片手で軽々と一升壜を持ち上げ、コップになみなみと注ぐ。束の間それを眺めてから、まるで水でも飲むかのように、たちまち胃袋へ流しこんでしまう。立てつづけに三杯飲んだあと、手づかみにした肉を真っ赤に焼けた金網の上にどさりと盛る。白煙が頭上の提灯を包みこみ、電球の光を半減させる。当人は大満足の体だ。

飲みっぷりも尋常ではないが、食べる速さも相当なものだ。ほんの少し火が通った生に近い肉を、垂れをひとくぐりさせるやぽいっと大口へ放りこむ。五人前はあろうかと思われる量がみるみる減ってゆく。私にはもはやその真似はできない。学生の頃ならどうにか太刀打ちできたかもしれないが、この歳では無理だ。入院してからいくらか食欲が増したとはいえ、彼には到底及ばない。二人前の肉を平らげるのがやっとで、鯉の塩焼きをやっつけられるかどうかは疑問だ。思うに、彼がくぐり抜けてきた人生の大半は、人並外れた巨体が原因で、飲み食いに費やされたであろう。収入の半分以上が食費に奪われる状況は死ぬまでつづくことだろう。

若夫婦もまた、大男の尋常ではない食欲に呆れ返っている。だから、口論が再開されるまでにはまだ時間が必要かもしれず、あるいは、もう延長戦はないのかもしれない。クルマに戻るか、帰宅してから改めて罵倒し合うのだろう。男のほうは熱い茶でもすするようにしてちびちびビールを飲み、依然として昏迷の表情を保っている。女は気取った手つきで箸を使い、主にキャベツを口へ運んでおり、その顔はさらに荒れている。だが、そうやって押し黙っている限り、どこにでもいそうな仲睦まじい夫婦者にしか見えない。いかんともしがたい問題を抱えこみ、深刻な二者択一を迫られているようには見えない。

近い将来そのふたりは、互いに弁護士でも立てて本格的に争い、ついには別れてしまうのだろうか。さもなければ、生まれてくる子どものことで双方が折れ合い、これまで通りの世間体に沿った暮らしをつづけるのだろうか。いずれにせよ、私にはまったく関係のないことで、参考にすらならない。そうした状況はもうずっと前に卒業しており、今の私たちは最少の会話でさりげなく生きてゆかれるまでになっている。ハンドル操作を誤るほど興奮してわめき散らすなどということは間違ってもないはずだ。従って今回の事故は、居眠り運転が主たる原因であって、それ以外ではないだろう。

男は酔いを醒まさずにクルマを運転するつもりだろうか。女はそれを止めないのだろうか。カーブへ差し掛かるたびにどうなるのだろうか。ブレーキペダルの代わりにアクセルペダルを踏みこみ、ハンドルも切らずに、そのままガードレールに突っこんでしまうのだろうか。そして、私が起こした事故よりもさらに厄介なことになり、五十メートルもの大ジャンプを敢行し、車体諸共河の底へ沈む羽目になるのだろうか。そうなると犠牲者の数は、腹の子どもを加えて三人ということになる。

鯉の塩焼きが運ばれてくる。

笹の若葉をびっしりと敷き詰めた素焼きの大皿に、背開きにされてこんがりと焼かれた立派な鯉が載っている。それはほぼ楕円形をして横たわり、脂がまだじゅうじゅうと音を立てている。二人前の肉を食べたばかりなのに、それを目の当たりにした途端、またもや食欲が湧いてくる。大男の食べっぷりに刺激されたからだろうか。私はそれに深々と箸を刺しこみ、ひと口食べてみる。

予想をはるかに超える美味さだ。物珍しさのみに頼っての注文は、明らかに間違ってはいなかった。しばしそれに没頭して、その間誰のことも気に掛けない。若夫婦のことも、大男のことも、自分のことさえも無視して、あしたもまた注文しようと呟きながら、がつがつと貪り食う。感動に直結するほどの味が、絶えず舌にからみつく。

いつ、どこで、どんな発見に巡り合えるかわからない人生を、私は歓迎する。先が見えたなどという否定的な結論を下すのは性急に過ぎる。命のある限り、何はともあれ生きつづけるべきだ。ありふれた悟りではあっても、私にしてみれば大した発見だ。気を失っているあいだに魂がまるごと入れ替わったのだろうか。手足の傷口から少量の血液といっしょに、取るに足りない厭世気分がすっかり流れ出たのだろうか。頭部をハンドルにぶつけた拍子に、神経細胞の配列がいくらか変わったのだろうか。

今の私には、あやふやな、どうしていいのか見当もつかぬ条件などひとつとして存在しない。おかしな蟠《わだかま》りもない。つまり私は、人生の崖っぷちに追い詰められた存在でもなければ、橋桁に引っかかった流木と同じ存在でもないのだ。ここから五十メートルほど下を流れる河も、対岸まで迫っている低い山々も、頭上を占める星の空間も、残らずわが領域として自覚できる。

おのれ自身をも含めた、周辺に点在しているあらゆる物象を、私は素直に認めている。もちろん、退院して日常生活に復帰することがいかなるものであるのか、まったく承知していないというわけではない。住宅ローンの返済がこの先も延々とつづき、そうしたやり繰りを縫って、程度のいい中古車を購入する金をどうにかして捻出しなければならない。子どもたちの学費も年々増加の一途を辿るだろう。ために、月給の前借りの回数も増えて、妻のパートのアルバイトが再開されるだろう。

だが、そんなことはもはやさして重要な問題ではない。日ごと夜ごと圧迫してくる悩みという程ではない。職場における複雑極まりない対人関係にしても、まったく同様だ。今後の私はおそらく誰も責めず、他人の欠点をあげつらって大酒を呷ることもしないだろう。かつては激怒の対象だった揉め事も、これからは顔色ひとつ変えずに穏やかに対処できるだろう。そんな気がしてならない。

向こう岸の山道をジグザグに下ってくるふたつの光は、たぶん自転車であろう。バイクならばエンジン音が聞こえるはずだ。二台の自転車はかなりの速度で坂道を降り、それから県道へと出て、まっすぐにこっちへ向かってくる。乗っているのは少年で、駐車場で自転車を放り出したふたりは息せき切ってやってくる。

地元の子どもがもし客の誰かに用事があるとすれば、私でも若夫婦でもなく、大男に決まっている。ところが、大男はそっちへ目をくれようとせず、ひたすら食べつづけ、飲みつづけている。

一升壜にはもう半分しか残っていない。飲み食いするたびに大男の全身から汗が噴き出し、提灯の光を浴びてぎらぎらと輝く。とうとう丸首シャツを脱いでしまった彼は、それを雑巾のように絞って水気を切り、かたわらの椅子の上に広げる。赤銅色に日焼けした上体は大木の根っこのようにごつごつして、ちょっとした動作のたびに、あちこちの筋肉がこれ見よがしに大きく波打つ。

大男のすぐ前までできたふたりの少年は、用件を伝えようとしても息切れがひどくてひと言も発せられない。口をぱくぱくさせて、その場に立ち尽くしている。それでも大男は平然と構え、箸を握った手を片時も休めない。コップが空になったかと思うとすぐに満たされ、そしてまたたちまち空になる。

半ズボンの少年がようやく声を出せるようになる。

「帰ってこいって」

ついで、新品の運動靴を履いた少年が叫ぶ。

「もう間に合わないって！」

しかし、切実な呼びかけへの返答はない。大男はやおら顔を上げて、眼前のふたりの顔をまじまじと見つめる。それでもだんまりを決めこんでいる。それから彼はまた目を炭火に落とし、金網に肉をごっそりと盛り上げ、その周りにぶつ切りにしたタマネギを散らばせる。

言いつかった役目を果たし終えてから、少年たちの関心は焼かれている肉へと移ってしまっている。ひとりは身を大きく乗り出して生唾を呑みこみ、もうひとりは口をもぐもぐさせている。だが、大男は素知らぬ顔を保ち、「食べたらどうだ」などとはけっして言わない。

下ろし立ての靴を履いた少年が、大男の注意を引きつけようと、おざなりな口調で、もう一度同じ言葉をくり返す。

「すぐ帰ってこいって」

大男の返事はない。一升瓶を片手で軽々と持ち上げ、コップになみなみと注ぎ、一気に飲み干す。それを数回反復したあと、落着いた口調で言ってのける。

「帰るのはこいつを全部飲んでしまってからだ」

ひと切れの肉にもありつけないことがはっきりするや、少年たちはしぶしぶ自転車の方へと引き上げ、今度はゆっくりした足取りで、テーブルや椅子をぴしゃぴしゃ叩いて不満を示しながら帰って行く。そして自転車に跨ったとき、大男は口のなかの物を大急ぎで呑み下し、孫たちに「おい！」と呼びかける。

そして、ふたりの背中に短い言葉を投げつける。

その声は雷鳴にも似た勢いで広がり、夜気をぎゅっと引き締め、兄弟を金縛りにする。緊張を強いられたのは、私も若夫婦も同じことだ。振り返った孫に対して祖父は一段と重々しい声を浴びせる。

「死んでから呼びにこい！」と怒鳴る。「わかったか、死んでからだぞ」

少年たちの動きは操り人形よろしくぎこちなく、それでも体を懸命に揺さぶってペダルを踏み、県道をよぎり、山道へと分け入って行く。

またしても大男は、額の汗を腕に擦りつけてから、満ち足りた眼差しを肉や酒に注ぎ、飲み食いに専念する。私も彼に倣い、小骨を大皿の縁に並べつつ、鯉一匹を端からきれいに平らげてゆく。あのときもし例の急カーブにガードレールが設置されていなかったならば、今のこの立場が逆転していた可能性がある。つまり、この鯉が私を食べていたかもしれないのだ。

とはいえ、次のクルマの購入について少しのためらいもない。あんな事故が二度まで起きてほしいとは思わないが、しかし、これきり怯えてハンドルを握るのをやめようとも思わない。それは妻子も同じだ。もっと室内の広い中古車を手に入れた暁には、また遠出をしようと言ったのは妻で、今度は山がいいと口を揃えて言ったのは子どもたちだ。

私のテーブルに残っているのは、鯉の骨と、金網の上で黒焦げになった数切れの肉片だ。ビールはもうない。退院の日には、迎えにきてくれる家族といっしょにここで食事をしよう。そして上機嫌でバスに乗り、ほかに乗客がいなかったら、皆で歌を唄おう。

どうやら酔いが回ったらしい。それでもなお、頭は依然としてすっきりしているし、立ち上がれないほどでもない。

時間はまだいくらも経過していない。夜はまだ始まったばかりだ。病院へ戻るには早い。病棟の三階を占める個室では、もはや手の施しようのない重患たちが、栄養の補給の意味しかない夕食を済ませ、灯を消した暗闇に横たわって、身じろぎもしないでいることだろう。そしてかれらは、回復に向かっている患者たちの声高の談笑にじっと耳を傾けながら、網戸を擦り抜けてくる河からの涼しい風に、断じてあり得ぬ一場の夢を託していることだろう。

さらには、治る見込みはあっても、一進一退をくり返すばかりで、一向に埒の明かない患者たちが、およそ十時間後に訪れる昧爽《まいそう》に何かしらの望みを託して、やはり河の濃厚な気配を感知しながら、やがて死よりも深い眠りに就くことだろう。運がいいのはこの私で、不運なのはかれらなのだろうか。私の充足を背後からしっかり支えているのは、かれらのやりきれない苦悶なのだろうか。もしそういうことであるならば、私はかれらに感謝すべきだろう。

私は改めて河面に目を落とす。さざ波の数だけ月がちりばめられ、ほかにも主だった天体の輝きが幾つも映し出されている。そこから微風といっしょにゆるゆると昇ってくるのは、まさしく水の匂いにほかならない。私をうっとりさせているのは、赤土やら草木の根っこやら微生物やらが微妙な配合で溶け合った、淡水の香りだ。

この河は、ほかの河川と同様、いずれは平野を横切り、都市部を通過しているうちに汚染の洗礼を受けて、一滴残らず死んでゆくのだろう。芳香に取って代わるのは鼻を突く異臭であり、水質を激変させるのは各種の汚物や洗剤のたぐいであろう。しかし、世の習いからすれば、それも詮ないことなのかもしれない。

とはいえ、腐敗を極めた真水であっても、海へ出るやたちまちにして甦生の道を辿るのだ。潮流によって沖へ沖へと運ばれ、水平線のはるか彼方で浄化され、赤道付近で大量の水蒸気を発生させ、凄まじい低気圧をもたらし、その分厚い雲の塊が押し戻されて、ここの山々に新鮮な水を返却する。土砂降りの雨の真っただ中に立ち尽くす際、私はきっとこの河のことを思い出すだろう。併せて、交通事故と、羊の肉と、鯉の塩焼きと、そしておのが魂の変化を思い出すだろう。ために、たとえ塞ぎこまなければならない事態に陥ったとしても、素早く立ち直ることが可能だろう。

仲違いした若夫婦は、依然として見限りの言葉を投げ合っている。答えはとっくに出ているというのに。逆上によってすっかり挙措《きよそ》を失った両人は、精いっぱい力み返り、面前の、この世で誰よりも親しい相手を遮二無二否定しつづける。離縁という結論にすでに一致をみているにもかかわらず、罵り合わなければならない理由は何か。それぞれ互いに相手が折れるのを待っているのか。当人も与《あずか》り知らぬ胸の奥深くでは、縒《よ》りを戻すきっかけに期待しているのか。

先に言葉が詰まったのは女のほうだ。通り一辺倒の感情論では、男が展開する迫力に満ちた理屈にはとても及ばない。そこで女は泣きじゃくり、ハンカチで目頭を押さえ、鼻をかむ。それでも男は容赦なく糾弾の言葉を浴びせかけ、相手を追い詰めてゆく。

今だから言うが。
もう少しまともな女であってくれたなら。
実家の財産を鼻にかけている。
無神経にも程がある。
夫婦であったことなどただの一度もなかった。
今さら言っても手遅れだが。

それから男は、やや声の調子を落として言う。自分のことを棚に上げて、理想の女という幻想を追い求めているわけではない。いかにありふれた女であっても、どんな欠点を持っていても、女らしい優しさを具えていてくれたらならば、それで充分だ。現在付き合っている女にしても、特別に素晴らしい人というわけではない。

ますます泣き声を荒げた女は、さかんに肩を震わせ、孤立無援を深め、身悶えのなかに救いを求める。もはや彼女は、私や大男の目や耳をまったく気にかけていない。あるいはその逆で、赤の他人である私たちを充分に意識した上での大袈裟な嗚咽なのかもしれない。自分がどれほど惨めな立場に追いやられているのかを世間に訴えたいのだろうか。それとも、割って入ってくれる味方の登場に期待しているのだろうか。もしそうだとしても、そのもくろみは成功しないだろう。大男はむろん、暇を持て余しているこの私ですら口出しする気持ちがない。

男は言いたい放題で、女の旗色はますます悪くなってゆくばかりだ。

「騙されていたんだわ!」女は素っ頓狂な声を張り上げ、芝居がかった臭い台詞をわめき散らす。「最初からずっと騙していたのね!」

その甲高い声が聞こえていないはずはないのに、大男は私以上にくつろいでいる。彼はきっと誰のことも気に掛けずに生きているのだ。そうやってこれまで過ごしてきたに違いない。河の上に細長く突き出して切り立っている岩盤も、玄妙なる夜の全体も、まるで自分のためだけに存在しているものと信じているのか、さっきからずっと独り悦に入っている。この世のすべてを彼が支配して好き勝手に操作しているかのようだ。太陽に焦がされ、畑仕事で鍛え抜かれたしぶとい肉体の持ち主こそが、凡人や俗人に対して掣肘《せいちゅう》を加える能力を具えているのでは……。わが思考は暴走の一途を辿っている。

私がこんなところで足止めを食らっているのも、実は大男が秘めた力の為せる業なのかもしれない。交通事故を起こさせたのも、ガードレールによって命拾いさせたのも、全部がこのでかい図体の男の仕業だとしたら。ひいては、カエデの下のテーブルで勃発した若夫婦の言い争いも。なんだかそんな気がしてならない。

大男はさながら雲界を貫いて屹立する高峰のごとく悠然と構え、一瞬たりとも当惑の表情を見せずに天を仰いでいる。常に自信に満ちあふれ、巨人に特有の悲哀とも孤独ともいっさい無縁だ。坊主刈りの頭を覆っている針金のごとき剛毛も、噴き出す汗も、玲瓏《れいろう》と輝く月の光を受けて青みがかったきらめきを放っている。終息を感じさせぬ生気が漲っている五体は、まさに手放しの賞賛に値する。牛や馬を連想させずにはおかぬ首は、焼酎や肉を通過させるたびに生々しい音を発生させる。ほかの者はどう見ているか知らないが、この私にとっての彼は、すぐそこに生きている感動の塊にほかならない。そんな存在と出くわしたことが僥倖《ぎょうこう》でなくてなんであろう。

そのとき、若夫婦のあいだにちょっとした変化が生じる。妻のほうがだしぬけに椅子を離れて訳のわからぬ叫び声を発したかと思うと、崖っぷちに向かって走り出したのだ。ほとんど同時に夫が立ち上がり、箸を放り出して追いかけ、襲いかかるようにして背後から彼女を抱きすくめる。ふたりはどっと草の上に倒れこみ、女は「離して！」を、男は「やめろ！」をくり返す。崖までは余すところ僅か一メートル足らずだ。女はもがきにもがき、わめくだけわめいて、少しでも河の方へ近づこうとする。かなりの騒ぎであったにもかかわらず、調理場の小屋から老婆たちが飛び出してくる気配はまったくない。大男にしてもまるで仏像のように動かず、一瞥もしない。成り行きに関心があるのは私のみだ。

半ば夢心地の私は、眼前の珍事にぼうっと見とれている。映画でも観ているような気分で、両人のくんずほぐれつを凝視している。男が女の顔面に平手打ちを食らわせたのは、正気に戻すためであって、諍《いさか》いの延長ではない。女はいっぺんで黙ってしまい、ぴたりと暴れなくなる。すると男はまだ警戒心を緩めずにそっと立ち上がり、ついで女の手を取って起こし、肩を抱くようにして元のテーブルへと連れ戻し、崖から遠い位置にある椅子に座らせる。ついで、体のあちこちに付着した草を丹念に取ったり、地面に落ちた箸を拾ったりする。

しかし、狼狽ぶりは誰の目にも明らかだ。

女はテーブルに上体を伏せてすすり泣いている。いかなる歌鳥のさえずりよりも美しい声だ。男はもう怒鳴らない。妻の乱れた服や髪を整えてやるときの顔には、もはや憎悪のかけらもない。在るのは、いかんともしがたい当惑のみだ。食べ残された肉は燻《くす》ぶりつづけているが、さすがに煙は勢いを失っている。

やがて、この場の雰囲気の何もかもが元通りになる。落着きと静寂が立ち返る。若夫婦は果たして本当にそんな真似をしたのだろうか。河へ突進した女の頭には何が浮かんでいたのだろうか。男が引き止めなかったら、そのまま崖の外へ身を躍らせていたのだろうか。夫の気持ちを試すためではなく、本気で最終的な答えを出すつもりだったのだろうか。もし最後の切り札としてやったことならば、間違いなく功を奏したはずだ。一時的であるにせよ、ともあれ再度夫の心を引きつけたのだから。もしくは、そうした下心なしに、後先を考えず、発作的な選択をしたのかもしれない。さもなければ、見るに見かねた河の為せる業であったのかもしれない。

いずれにせよ、男は妥協の方向へと一挙に傾いている。それが証拠に、しどろもどろの口調で話を振り出しに戻し、ついさっきまでとは正反対の言葉を並べている。それでもまだときおり弁解がましい物言いをする。「誤解してもらいたくないんだよ」だの、「どうでもいいと思っていたら、初めからひと言も喋らないよ」だのと言う。全面的な謝罪になるのは、おそらく時間の問題であろう。女のふくよかな体はゆったりと波打っている。その滑らかな動きは官能的ですらある。

大男は依然として我関せずといった態度を取りつづけ、無表情を保っている。焼酎はまだいくらか残っているが、肉はもうひと切れもない。やがて彼は、新しい客の登場を待ちあぐねている老婆を呼びつける。すぐに小屋の障子戸が開いて、抜け目ない年寄りが飛び出してくる。追加の注文をする野太い声が、対岸の山々にも跳ね返って無数のこだまを生み、その響きが夜を束の間圧倒する。

大男のすぐ前までやってきた老婆は、曲がっていた腰をしゃんと伸ばしながら、愚鈍を装った顔を徐々に上げてゆく。肉をもっと持ってくるように言われても、彼女は返事をせず、さりとて小屋へ引き返すわけでもなく、いつまでもそこに立ち尽くしている。

大男はしばしの沈黙の後、こう尋ねる。

「なんだい、金のことを言いてえのか？」

老婆は目をしょぼしょぼさせてから、黙って頷く。

ほどなく大男は、払える当てがあるからこそこうして飲み食いしているのだと、そうきっぱり言ってのける。あしたか、遅くともあさってにはまとまった金が入ってくるから心配は無用だと言う。すかさず老婆は反論する。香典は思ったほど集まらないかもしれない、と。下手をすれば赤字の葬式になってしまうかもしれない、と。取り入れの前はどこの農家も現金の出費を避ける、と。「心配するなって」と大男は言う。「ケチる知り合いなんてひとりもいねえよ」

それでも老婆は納得せず、口のなかでぶつくさ呟いている。若夫婦のテーブルからも注文の声が掛かる。男は私のほうを指差して「それと同じ魚をもらいたい」と言う。キャベツの漬物も追加注文される。老婆はたちまち商売用の笑顔を作り、急いで小屋へ戻って行く。直角に折れ曲がったその背中に、大男が「おれのも忘れるな！」を浴びせる。

女はといえば、すでに泣きじゃくるのを止め、くしゃくしゃのハンカチで目や鼻をさかんに擦っている。敢えて無言を押し通しているわけではなく、単にくたびれ果てただけのことだ。生まれてくる子どものためにも、もっと食べて体力をつけなくてはいけないと、そう男は言っている。

客がこれ以上増えそうな気配は今のところない。県道を走るクルマはどれも素通りしている。入院患者の姿も見えない。私たち四人の客は、皆黙りこくって意味もなく周辺に視線を投げている。

虫の鳴き声が思いなしか衰えたように感じるのは、耳が慣れたからだろう。実際には、日没直後より活発になっているはずだ。それにしてもいい晩だ。蚊もブヨもいないし、提灯に群がる蛾も見かけない。暑くも寒くもない、しんと静まり返った夜が更けてゆく。こうして独りで食事をしても不安が募らない宵を迎えたのは、久しくなかったことだ。ひょっとすると初めてのことかもしれない。これまでに私がくぐり抜けた数多くの夜は、そのほとんどが気楽にしていられないものだった。得体の知れぬ怯えと焦りが胸のうちにうずたかく積み上げられ、はっと我に返った際には、背後に黒々としたおのれの幻影がうなだれているのだった。

しかし、今夜は違う。

呟いたそばから撤回しなければならぬ言葉など、ただのひとつも浮かんでこない。それにまた、密かに知人の誰かに見切りをつけたりすることもない。私はもう、おのれ自身をも含めて誰も否定しないし、万事が終わったというような答えを出したりもしない。すべては今夜を境にして始まるのだ。そんな思いに満たされている。

私は夜通し歩いてみたい。病院を通り越して、さらに足を運び、もっと高いところまで登ってみたい。ひと晩じゅうでも歩きつづけてみたい。低い山の頂に立って、そこから世間を、ひいてははるか遠方へ向かって延々と蛇行する河の様相をとっくりと眺めてみたい。泥や腐葉や大小の微生物が堆積している底流に沿って、巨鯉と共に泳いでみたい。さもなければ、他の天体から飛来したばかりの異星人よろしく、そこいらじゅうを行き当たりばったりに見物して回り、いちいち触知して感動の声を張り上げてみたい。

だが、わざわざそんなことをするまでもないかもしれない。現に私は、ここから一歩も動かないのに心の底から満ち足りている。夏の夜がもたらす啓示的な充溢は、わが存在の隅々までしっかりと行き届いている。つまり、どこに身を置いたところで結果は同じということだ。よしんばほの暗い病室のベッドに打ち臥していても、この感激を全身で受け止められるだろう。

今やひたと寄り添っている若夫婦も、神掛かって見えるほどの巨軀の持ち主も、私は等しく無条件に、その有りようを認めている。そんな私が浸っているこの摩訶不思議な充足感は、同じくかれらをも包みこんでいることだろう。同じ時間に、同じ場所で、同じ物を飲み食いしているという、それ以上の結びつきが、私たちのあいだにささやかな絆を生み出しているのかもしれない。そしてそれは、ありふれた偶然によるものではないように思えてしまうのだ。私たちのあいだに共通しているものがあるとすれば、果たしてそれは何か。生きているという、生きることを止めないという、そんな強い自覚なのか。互いに束縛の胴間声を張り上げて、なりふり構わぬ諍いを演じた若夫婦ですら、その四つの眼は炭火や満月や提灯の光を浴びて、今ではきらきらと輝いている。女はもはや羊の肉の匂いが高価な服に滲み付くことをまったく恐れていない。

大男のテーブルへ山盛りの肉をふたたび運んできた老婆にも、陰鬱な翳りはどこにも感じられない。瘦せ細って、亡骸が容易に想像できるほど貧相な体になってしまっているのに、その周辺にもまた久遠の時の流れが纏わりついており、終息の気配などまるで感じられない。寂滅に向かっている者など、実際にはひとりもいないのではと、河を見下ろすたび、そんな思いが募る。水面にたゆとう黒みがかった茄子紺の夜気は、絶え間なく淡水に活力を授け、その液体もまたありとあらゆる生物に甦生の息吹を与えている。

若夫婦は今、肩を寄せ合って鯉の塩焼きをつついている。やはり男が詫びたのだ。縒りを戻すにはそれしかあるまい。今し方男は、揉め事の種になっている女ときっぱり手を切ると誓ったばかりだ。そして、新規にやり直すための月並な言葉が脂でべたべたした口から矢継ぎ早に飛び出している。女はといえば、生臭さが微塵も感じられぬ川魚に舌鼓を打ちながら、頑なな態度を急速に解してゆく。自分にも至らぬ点があったと認めるまでになっている。両人のそうした素直さは、今夜限りのものなのか、それともこの先ずっとつづくのか知るよしもないが、ひとまず落着したことは間違いのない事実だろう。女の腹のなかでうごめく胎児のためを思っての答えとしては、まず申し分ない。

またしてもふたつの光が山道を下ってくる。さっきの自転車だ。でこぼこ道に差し掛かって、その光は激しく揺れ動く。ほどなくふたりの少年は、凄まじい勢いで駐車場へと乗り入れ、慌てふためいてこっちへ駆けてくる。そして、いかにも重苦しい声を精いっぱい張り上げて、大男に告げる。

「死んだよ！」

「今死んだところ！」

しかし、大男はまったく動じない。確固不動の姿勢を保って落着き払っている。ふたりの孫たちはなおも上擦った声で「死んだ！」を連発する。

年上らしい半ズボンの少年が、泣きっ面でわめく。

「すぐ帰ってこいって！」

それでも大男は席を離れない。しばらくの後、「そうか」と呟き、「おまえらは先に帰っていろ」と言う。だが、孫たちが来た道を引き返し始めても、その場を動かない。河に通じている細流のせせらぎに耳を傾けるかのように首を傾げ、いつまでもじっとしている。それでも少年たちは、あっさり引き上げようとはしない。今度ばかりはどうでも連れ帰るよう厳しく言われているのだろう。孫たちは祖父の太い腕を一本ずつ抱えて引っ張って促すが、びくともしない。

「急いだからってどうしようもねえだろうが」と大男はだみ声を放ち、自分自身に言い聞かせるようにして呟く。「帰ったからからって生き返るわけじゃあるまいし」

そうした言葉は私の耳にもしっかりと届いた。だが、苛立って足踏みをし、「帰って！」を連呼する少年たちには聞こえなかっただろう。

「年寄りがくたばったくれえで、いちいち騒ぐんじゃねえ」

そう言って大男は上体を軽くひと振りする。その勢いで少年たちは飛ばされ、草の上に尻もちをついてしまう。すかさず祖父は孫をさらに怒鳴りつける。方言だったので意味は不明だ。とはいえ、その短い怒号が、部外者である私をもすっかり震えあがらせる。

少年たちはしゅんとなり、そしてたじたじとなり、急いで起き上ると後ずさりを始め、何か言いかけては止める。あげくに顔を見合わせて踵を返し、自転車の方へと一目散に逃げて行く。その様子に大男が笑う。剛毅で、邪念のない笑声は辺り一帯を圧し、ひょっとすると崖の下の河にもそれなりの影響を与えたかもしれない。鏡よりも平らな水面にさざ波のひとつも生じさせたかもしれない。

何を思ったのか、自転車に跨った少年たちは一旦県道へ出ておきながら、すぐにまた駐車場へと引き返してくる。もう一度説得を試そうと決めたのか。どうあっても連れ帰らねば両親にこっぴどく叱られるのか。ところが、ふたりはその場に留まったきり近づこうとしない。そして、互いに顔を見合わせるや、口メガホンで声を限りに叫ぶ。

「このハクジョウモノ！」

大男に向かってそう叫ぶと、少年たちはふたたびペダルを踏みしめて、今度は本当に帰って行く。ジグザグの走法で剣路を引き返す。ライトの揺れがなんとも美しい。

鯉の塩焼きを平らげた若夫婦は、粗探しと罵り合いを執拗にくり返した者とは思えぬほど静かで、尊大な態度を保ち、細やかな心遣いを競い合いながら、河辺にあふれている深い安らぎを心底から享受している。そんな両人のあいだにはもはや穿鑿《せんさく》の会話もなければ、こせこせした身ぶりもなく、生きていることの困憊《こんぱい》の色も認められない。並外れた回復力を発揮して、およそ信じられぬほどの立ち直りを見せている。

そして大男は、その途轍もない巨軀を易々と操って、焼酎を飲み、肉を食らっている。思うに彼の魂は、異様に発達した筋肉の奥深くに在るのではなく、まして脳味噌の片隅にちんまりと納まっているのでもなく、皮膚や体毛と同様、外からはっきり見えるところに在るのだろう。現に、私には鮮明に見えている。それはおぞましくもなければいかがわしくもなく、むろん、痛ましさとは程遠く、気高さすらも具えている。

東方の山々に継起する稲妻は、閃光を発するたびに河面に映じた望月を抹殺する。だからといって、気に障るほどではない。わが人生において二度とないかもしれぬこうした夜を、いっぺんで台なしにしてしまう気候の急変は当分のあいだないだろう。なぜか自信を持ってそう言い切れる。

ほとんど陶酔の面持ちで河をぼうっと見下ろしているのは、今や私独りではない。ほかの客もまた、身をよじったり、背筋や首筋を伸ばしたり、横目を使ったりして、見るともなしに滔々たる水の流れを見ている。

解題

「夏の流れ」は一九六六年、第二十三回文學界新人賞を受賞し、同年「文學界」十一月号に掲載された。そして翌年一月、第五十六回芥川賞を受賞する。著者、二十三歳の年である。

単行本『夏の流れ』はその年の七月、文藝春秋社から刊行された。また七三年、「正午なり」と合わせて講談社文庫に収録され、二〇〇五年には講談社文芸文庫より『夏の流れ　丸山健二初期作品集』として発行、現在まで版を重ねている。

「河」は一九八一年、「すばる」十月号に掲載され、作品集『台風見物』に収められて集英社より八三年に刊行された。「すばる」編集部から依頼を受けて書き始めたのだが、途中で難航し、推敲に推敲を重ねながら、いわば「それまでの小説執筆に対する姿勢を改めた」きっかけとなった作品だという。

「夏の流れ」が文字通り著者の処女作であるとすれば、「河」は第二の処女作に当たる。本書は著者にとって重要なこの二作品に全体にわたって加筆・修正を施し、組み方を換えたものであり、それが「新編」と冠した所以である。

（編集部）

丸山健二（まるやま　けんじ）
1943年、長野県飯山市に生まれる。仙台電波高等学校卒業後、東京の商社に勤務。66年、「夏の流れ」で文學界新人賞を受賞。翌年、第56回芥川賞を史上最年少（当時）で受賞し、作家活動に入る。68年に郷里の長野県に移住後、文壇とは一線を画した独自の創作活動を続ける。主な作品に『雨のドラゴン』『ときめきに死す』『月に泣く』『水の家族』『千日の瑠璃』『争いの樹の下で』ほか多数。また、趣味として始めた作庭は次第にその範疇を越えて創作に欠かせないものとなり、庭づくりを題材にした写真と文章をまとめた本も多い。

田畑書店

新編
夏の流れ／河

2020 年 7 月　1 日　第 1 刷印刷
2020 年 7 月 10 日　第 1 刷発行

著者　丸山健二

発行人　大槻慎二
発行所　株式会社　田畑書店
〒 102-0074　東京都千代田区九段南 3-2-2　森ビル 5 階
tel 03-6272-5718　fax 03-3261-2263

装幀・本文組版　田畑書店デザイン室
印刷・製本　中央精版印刷株式会社

ISBN978-4-8038-0373-0 C0193
定価はカバーに印刷してあります。
落丁・乱丁本はお取り替えいたします。